異域搜查師 ⑤

人羣中的隱蔽者

關景峰 著

新雅文化事業有限公司
www.sunya.com.hk

這是 **魔幻偵探所** 五年後的世界……

　　由南森博士創辦的英國倫敦魔幻偵探所，把市內橫行的魔怪一一掃除，怎料異域卻出現了亂局。新任的魔法警察們經過多番偵查，得悉在背後操縱一切的是大無臉魔雷頓。海倫他們輾轉來到亞伯丁遠郊的橡樹鎮，收伏了無臉魔哈丁，希望能從它口中套取雷頓的行蹤……

人物簡介

海倫

年齡：17歲　　絕技：飛盾護體
前倫敦魔幻偵探所主任，臨危受命，被委任為魔法警察部的督察，來到失控的異域調查亂局源頭。

湯姆斯

年齡：20歲（外表12歲）　　絕技：暴風鐵拳
康沃爾郡魔法師聯合會的精英，被調派到魔法警察部當海倫的搭擋。但來到異域後因吃了過期變身藥，變成小孩後無法復原。

餓了

魔怪類型：魔刺蝟　　絕技：尖刺攻擊
懂得魔法和說人類語言的魔怪。被海倫從地下交易市場救出後，就跟着他們，最後被認可，並委任為警長。因為總是吃不飽，所以被叫作「餓了」。

目錄

第一章	不老實的囚徒	4
第二章	四號區域	17
第三章	凱森特路	30
第四章	松鼠斷尾	45
第五章	伯納德教授	57
第六章	百年大橡樹	71
第七章	病房夜襲	82
第八章	黑狼跳躍	98
第九章	納爾遜與威力	110
第十章	電擊	125

第一章

不老實的囚徒

大片的烏雲，不知道從什麼地方飄過來，黑壓壓地籠罩住了亞伯丁地區，無論是在亞伯丁城區還是遠郊的橡樹鎮，抬頭看天都是這片烏雲，光已經被阻攔，下午就像是黃昏來臨一樣，大風雨就要來了——所有人都明白這一點。

趕在風雨來臨之前，海倫和當地的魔法師聯合會會長柯特他們，把被抓住的無臉魔哈丁等帶回了橡樹鎮。回去的半路上，昏迷的哈丁就醒了，它明白自己的處境，嚎叫了幾聲後，安靜下來。

魔法師聯合會地下一層看押魔怪和巫師的牢房，塞進被抓住的魔怪和巫師後，顯得更加擁擠了。哈丁沒有進去，它被直接帶到了柯特的辦公室，這裏現在是審訊室了，海倫判斷無臉魔大魔頭雷頓就在亞伯丁，而同在亞伯丁的哈丁，極有

可能知道雷頓的下落。

聯合會的魔法師多米尼站在哈丁的身後，海倫讓哈丁坐在椅子上，它的手被牢牢地捆着。它的對面，海倫、柯特坐在辦公桌後，餓了坐在桌上，湯姆斯則站在窗邊，看着那個哈丁。

「對你的懲處，取決於你現在的表現。」海倫看看哈丁，她感覺可以展開審訊了，「這裏是魔法師聯合會，你現在要適應自己新的身分，那就是——囚徒。」

「我明白，我被你們抓住了，你們想要從我這裏得到你們需要的資訊，是這樣吧？」哈丁漫不經心地說。

「哈哈，這麼囂張嗎？我餓了專治各種不服。」餓了忽然站了起來，牠縱身一躍，飛向了哈丁，半空中身體就縮成了一個圓形，所有的刺都向外伸着。

「啊——」哈丁慘叫一聲，餓了的突然攻擊令它猝不及防，它被餓了狠狠地插中了身體。

海倫連忙站起來，衝過去把餓了拉住。湯姆斯則在一邊哈哈大笑起來。柯特皺着眉很無奈。

「專治各種不服！」餓了被海倫抓到了辦公桌上，不過牠伸着脖子，依舊對着哈丁吶喊。

「餓了，你別動手，你不能這樣……」海倫勸道，「它現在被我們抓住了，它已經投降了。」

「我沒動手呀，我動的是後背，我用後背上的刺插它。」餓了氣呼呼地説，「專治各種不服……」

「你們違反日內瓦公約，你們虐待戰俘！」哈丁喊道，它有些激動地昂着脖子，「我要到聯合國告你們去……」

「你看看能不能先走出這個房間。」湯姆斯冷笑着説。

「我……」哈丁説着癱軟下去，它偷偷看看餓了，「我被你們抓住了，可我沒説不配合呀，你一上來就插我……」

6

「哈丁，你老實配合，我們也不會為難你，我說過了，你的態度決定我們向法庭提出處罰建議的輕重。」海倫說，「你想清楚了嗎？」

「問呀，你們問呀！我配合。」哈丁似乎有些急不可待地想讓海倫提問。

「很簡單，雷頓在哪裏？」海倫說，「雷頓就在亞伯丁，你也在亞伯丁，它可是你們的總頭領，我們不知道它的具體位置。」

「這個嘛……」哈丁聳聳肩，「我沒見過雷頓，真沒見過，我們之間其實還有個中無臉魔，聯絡是經過中無臉魔介紹的，但後來它不見了……」

「全是這套說辭——」餓了喊了起來，「中無臉魔不見了，你怎麼和雷頓聯繫呢？你在橡樹鎮幹壞事，就是受雷頓指使的！」

「沒錯，刺蝟叔叔，我就是受雷頓指使，我幹的事都不是我的本意。」哈丁連忙說，「你在法官面前也要這麼說呀。」

「我們問你雷頓操縱你的方式，你和他見過幾次？」柯特在一邊說。

「沒見過，我剛才說過了。」哈丁看看柯特，「方式就是電話和資訊球。資訊球需要魔力能量支援飛行，人類發明的手機是最好的方式，雷頓給我打電話。」

「電話號碼？雷頓的電話號碼呢？說——」湯姆斯指着哈丁，喊道。

「雷頓的電話號碼，在我的手機上從來不顯示。」哈丁搖搖頭，「每次都是它給我打電話，每天固定時間，下午五點，如果五點這回我正在忙或者沒有接聽，兩個小時後它會再打來；如果還沒有接聽，那就第二天的五點再打來。反正是我找不到它，每次都是它找我。」

「雷頓的號碼你真的看不見嗎？天天給你打電話，會留下號碼的。你打回去就可以找到它了。」湯姆斯不甘心地問。

「我手機上真的顯示不出來雷頓的號碼。」

哈丁説，「它就怕人家找到它，所以不會留下什麼資訊，它應該有什麼手段，不讓別人看到號碼。」

哈丁説完，看着大家，海倫他們也都相互看了看，這時，湯姆斯走到哈丁的身邊，伸手在它的身上翻找起來。很快，湯姆斯就從皮帶上找到一個手機皮套，湯姆斯從皮套裏，拿出來一部手機。

「現在是四點多，也就是説，不到一小時，雷頓就會打電話來。」湯姆斯看看哈丁。

「沒錯。」哈丁點點頭。

「把你的手機號碼寫下來。」海倫説。

　　哈丁接過海倫遞過來的筆和紙，寫下自己的手機號碼。

　　「雷頓一般在什麼地方給你打電話？房間裏還是外面，這你能聽出來嗎？」海倫看到哈丁寫好電話號碼，隨口問道。

　　「都是在外面，我能聽見電話裏傳來的嘈雜聲，家裏打電話時很安靜的。」哈丁說道。

　　「多米尼，先把它帶下去。」海倫看了看多米尼。

　　多米尼點點頭，把哈丁拉起來帶了出去。海倫看到哈丁被帶走，開始和大家商議。大家都覺得雷頓就在亞伯丁，所以電話會從亞伯丁某地打來，但是哈丁說的是不

11

是實話，大家也不能確定，所以要等着看五點的時候，雷頓會不會真的打電話來。如果真的有電話，即使手機不顯示號碼，電信公司應該也能查到，這樣就有線索了。

四點半多，哈丁被重新帶了回來。海倫讓它坐下，隨後命令他，只要雷頓五點打來電話，就接通，聽聽雷頓有什麼指令，同時說明自己就在橡樹鎮隱藏着，正準備發起新一輪攻擊，打掉橡樹鎮上的魔法師聯合會。

「你記住，千萬不能主動去問雷頓在什麼地方。」海倫說道，「否則雷頓就會起疑心，聽到了嗎？」

「是，不會問。」哈丁點點頭，它悄悄看看不遠處的餓了，「一切都按照你們說的做。」

「嗯，你這個態度還可以。」柯特點點頭，「你只需要正常應答，就像自己沒有被我們抓住一樣。」

「是，是，正常應答。」哈丁連連點頭。

「乖得像隻綿羊。」餓了在辦公桌的桌面上來回走着，「我都不相信你是一個魔怪了。」

「嘿嘿，只要你們向法庭建議不要重重處罰我，怎麼都好說。」哈丁晃着腦袋說。

很快，時間就來到了四點五十分，在場的人包括哈丁，全都緊張起來。哈丁甚至有些坐卧不寧的，湯姆斯也是，在窗邊走來走去。

「不會忘了吧？雷頓正好去接孩子放學，哈哈哈……」餓了靠着辦公桌上的一堆檔案，嬉笑着說。

「不會的，雷頓做事很認真，說五點，五點正就準時打來，每次都是。」哈丁連忙說。

「那它始終也是個魔怪。」餓了不屑地說，「噢，做事認真的魔怪……」

「最難對付的就是這種，做事認真的魔怪。」海倫在一邊感慨起來。

此時，多米尼已經把手機放在哈丁面前的辦公桌上，一會，電話就要打來了。

湯姆斯可能是緊張過度，他看看大家說：
「你們看着他，我去外面走走。」

　　「別走遠了。」海倫提醒地說。

　　湯姆斯點點頭，走出了門。

　　距離五點正不到半分鐘，辦公桌上哈丁的手機，鈴聲響起。那鈴聲很是怪異，不愧是魔怪選擇的鈴聲。在場的人都圍了過來。

　　「別耍花樣！」多米尼一直站在哈丁的身後，拍了拍它的腦袋。

　　哈丁連連點頭。多米尼指了指手機，示意它對着手機說話，因為哈丁的手被捆着，不能拿起手機。多米尼按下了接聽鍵。

　　「嗯……」手機裏傳來一個聲音，很沉悶的聲音。

　　「雷頓首領——」哈丁猛地把頭伸過去，嘴對着手機，「我被魔法師抓了！他們在找你，快點來救我呀！他們逼我騙你，不要信他們的話，我被抓了——」

14

在場的人，誰都沒有阻止哈丁，哈丁繼續喊了幾句，不過它猛地發現所有人都冷笑着看着自己，哈丁很是驚異。

「……我被抓了……」哈丁的聲音，同步傳了進來。

湯姆斯手裏拿着自己的手機走了進來，他對着哈丁的手機喊了一句話，這句話從湯姆斯的手機裏同步傳了出來。

「我們早想到你會這樣做，果然……」湯姆斯說着終止了手機通話，「剛才那個電話是我打給你的，提前了半分鐘，你以為是雷頓打來的吧？你以為自己很聰明？」

「你們……」哈丁瞪着湯姆斯，「你們……」

「還好我們有防備——」餓了說着跳了起來，縮成一個團，飛向哈丁，「我插——」

海倫飛快地拿起一本書擋住了餓了，隨後把牠放在辦公桌上攔着。餓了沒插到哈丁，扭着身

子氣呼呼地大叫起來。

　　「我們給你機會了，你不珍惜——」多米尼按着哈丁的頭，「你真是頑固——」

　　「給機會有什麼用？建議減輕處罰有什麼用？」哈丁扭着脖子嚎叫着，「我做的事我知道，量刑的起點就高，用十束電光擊殺我，和五束有區別嗎？」

　　「帶走吧，它沒救了。」海倫看看多米尼，說道。

第一章

四號區域

多米尼把哈丁從椅子上拉起來，押着它出了房間。湯姆斯拿起哈丁的手機，看了看。

「哈丁有一點沒有撒謊，五點的時候，有一個來電。」湯姆斯展示着哈丁的手機，說道，「雷頓打來的，但是當時哈丁正在通話，這個來電被記錄下來，顯示為未接來電，但是沒有電話號碼。」

「海倫，電信公司查哈丁的通話記錄怎麼樣了？這麼長時間了，還沒查出來嗎？」餓了問道。

就在剛才，海倫通過亞伯丁警方，提供了哈丁的電話號碼，讓亞伯丁的電信公司查找每天五點打給哈丁的來電號碼及方位，電信公司已經立即辦理了。

「再等一等吧，只要有通話，順着電話這條

線，就能找到雷頓。」海倫不慌不忙地說。

海倫話音剛落，手機就響了起來，她連忙接通電話，沒說兩句話，臉色就變得很不好看。

「怎麼了？」湯姆斯看海倫收起電話，急着問。

「電信公司查了，五點給哈丁的電話是存在的，但是號碼和來電方位，他們查不到。」海倫沉重地說，「以前這個時段打給哈丁的電話，號碼和方位也查不到。」

大家全都愣住了，這個結果是他們都沒有想到的。

「電信公司都查不到，這是為什麼呀？」湯姆斯急得要跳起來一樣。

「我們低估了雷頓的手段。」海倫想了想，說道，「這樣一個能暴露自己資訊的電話號碼，雷頓一定想辦法隱蔽起來。否則哈丁被抓，它也會被挖出來。」

「它和別的無臉魔的電話聯絡，一定也隱蔽

了號碼。」柯特說道。

「對。如果現代的電信技術對它構成威脅，它可以只使用資訊球。」海倫點了點頭。

「你們說得真熱鬧，接下來我們該怎麼辦？」餓了激動地比畫着，「現在這條線等於斷了，我們找不到雷頓呀！」

「不要着急，我們想個辦法。」海倫勸說道，「自己先不要慌。」

「氣死我了！那個哈丁又騙我們，它要是真的投降，套話也能把雷頓的方位套出來吧？」餓了大叫着，「等着！等我下去，我插，我打，我把它炸成兩半……」

大家都不說話了。此時的辦公室裏，連掉下一根針都能聽到聲音。湯姆斯抬頭看了看掛鐘，已經快五點半了。

海倫走到窗邊，看着外面黃昏的小鎮。小鎮倒是平靜了，所有參與攻擊的魔怪和巫師，大部分被抓，小部分逃走。

　　「嘀──嘀──嘀──」，外面的街道上，猛地傳來汽車喇叭的聲音。海倫一直看着外面，知道是有個孩子亂過馬路，一輛汽車連續按下喇叭。那孩子跑遠了，這種行為很危險。

　　「餓了，你剛才說要炸哈丁？」海倫忽然轉過頭，認真地看着餓了。

　　「嗯！我不僅要炸哈丁，還要炸雷頓，所有魔怪都要炸！輪流炸一遍……」餓了氣呼呼地說。

　　「我有辦法了。」海倫說着，淡淡的一笑。

　　所有人都看着海倫，餓了激動起來，牠以渴求的眼神請海倫快點說出答案。海倫則不緊不慢地走到地圖邊，柯特的辦公室，掛着一張亞伯丁地區的大地圖。湯姆斯和柯特也不約而同地跟到了地圖前。

「亞伯丁的市區，基本呈現出一個長方形的形態，我們把這個區域，平均分成六塊。因為雷頓五點沒有打通電話，七點還會打來，我們接通電話後，立即通知亞伯丁警方，在我們劃出的六塊區域，燃放鞭炮，一號區域放一個鞭炮、二號區域放兩個、三號區域放三個，以此類推。除一號區域外，各區的鞭炮每隔兩秒放一個。」

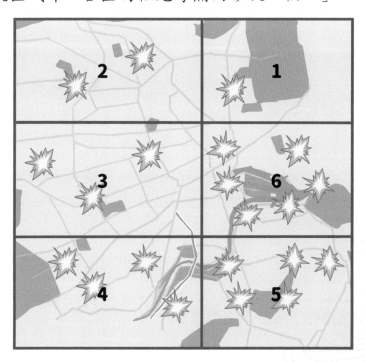

海倫對着地圖比畫着，説：「這樣，雷頓的電話裏，就會傳來他所在地區的鞭炮聲，例如他在五號區域，那麼電話裏就會傳來連續五聲的爆炸聲。這樣，我們就能把它鎖死在一個小區域裏了，亞伯丁本來就不大，再被分成六塊，找到雷頓的概率就很大了。」

海倫的話震驚了大家，誰也沒想到她能想到這個好辦法。湯姆斯和餓了連連點頭，只有柯特，似乎還有一點不放心。

「海倫，萬一雷頓所在的區域在兩個區之間呢？」柯特問道，「這樣鞭炮聲應該會混成一片吧？」

「仔細聽，能分辨出來，還可以借助儀器分辨，我們一定會對雷頓的來電錄音的。」海倫解釋説，

「如果真是這樣，那鎖定雷頓就更明確了，在兩個區之間的位置更好找。」

「雷頓是在外面給哈丁打電話的，所以鞭炮聲能傳進電話裏。」湯姆斯認真地看着海倫，「是這樣吧？海倫。」

「沒錯，我剛才是隨意問哈丁雷頓在什麼地方打電話，它也是脫口而出的，應該沒撒謊。」海倫點點頭，「如果在房間裏，鞭炮聲可能傳不進電話，這點我也考慮了。我估計雷頓是怕在屋子裏，會被門外的人偷聽；在外面就不一樣了，身邊的情況全能看見。」

「嗯，完全明白。」柯特說着就去拿電話，「我馬上給亞伯丁警察局打電話，讓他們實施你這個計劃。海倫，你準備怎麼分區……」

柯特把電話直接打到亞伯丁警察局局長辦公室，找到了局長。柯特說出了海倫的計劃，局長很讚賞，並一起擬定了具體實施方案。柯特萬千叮囑，鞭炮一定要在七點過十秒後燃放。

柯特放下電話，他焦急的心情總算是放下許多。餓了立即追着問海倫，具體是怎麼想到這個辦法的。海倫說餓了可是立了大功，剛才牠說要炸魔怪，令海倫想起了鞭炮，加上窗外傳進來三聲汽車鳴笛聲，讓海倫想到了這個辦法。

　　餓了聽到海倫這樣一說，非常得意，就好像這個計劃是牠想的一樣。

　　警方辦理這件事非常迅速。距離七點還有半個多小時，柯特接到了警方電話，說已經按照海倫劃定的六個區域，在每個區域的中心位置，安排好了警員，七點過十秒後，開始依次燃放鞭炮。

　　大家都很興奮，哈丁的手機此時就在辦公桌上，湯姆斯看了看，手機還有百分之五十的電量，他擔心手機到時會沒電，找來柯特的充電器，在餓了的嘲弄下，不管自己是否過於擔心，都要給哈丁的手機充電。

　　時間一分一分的過去，還差十分鐘到七點，

大家就圍在手機周圍。海倫在手機上找到錄音的程式，調整到連線錄音，這樣只要開始通話，手機就能進行錄音了。

「湯姆斯，記住我們商議的，一定要拖三十秒，讓警察們把鞭炮放完。」海倫在最後的時刻，叮囑地說。

「放心。」湯姆斯點點頭，「啊⋯⋯哈⋯⋯你好⋯⋯我的聲音聽上去像哈丁吧？」

「你不用真說話，你這聲音不像哈丁。」海倫擺擺手。

「還不如我的聲音像哈丁呢。」餓了不屑地說，「讓我來接電話怎麼樣？喂，雷頓，你好嗎？我專治各種不服⋯⋯」

「噓──」湯姆斯指着牆上的掛鐘，「要到時間了！」

餓了立刻不說話了，大家此時全都緊張地看着手機。手機依舊在充着電，海倫開始倒計時了，七點就要到了。

七點正，一秒不多也不少，哈丁的手機鈴聲響起，大家看着手機，手機上仍然沒有來電號碼，但是手機鈴聲在響。

「一、二、三、四、五……」湯姆斯讀着秒，在七點零五秒的時候，按下了接聽鍵。

「喂……」手機裏傳來一個聲音，大家知道這是雷頓的聲音。

「嗯……」兩、三秒後，湯姆斯發出了聲音，隨後，開始輕聲地咳嗽起來。

「砰——砰——砰——砰——」，手機裏依稀聽見連續的爆破音。

「喂！哈丁嗎——」雷頓的聲音再次響起，明顯不耐煩了。

湯姆斯看着時間，七點已經過了二十多秒了。他又咳了一聲，隨即，湯姆斯開始製造噪音，把兩本書放在手機上方，相互敲擊、摩擦。

「喂——」雷頓又喊道。

七點零三十秒，湯姆斯果斷地按下了終止通

話的按鍵。通話結束了。

「雷頓一定會認為通話品質不好。」湯姆斯看了看大家，「我剛才的表演還算過關吧？」

「完全沒有問題。」海倫說道，「四聲，鞭炮響了四次，也就是說，雷頓在四號區域。」

「不僅是四聲鞭炮，我還聽見兩聲船的汽笛聲。」餓了說，「我們這些林中動物對聲音很敏感。相信我，我聽得很清楚，有兩聲汽笛聲。」

「我好像也聽到了。」柯特說，「就在鞭炮聲響過之後……還有一個雜聲，好像是什麼在喊叫……」

「我也聽見了，不過不重要了。是什麼雜聲我們也不知道，鞭炮聲和汽笛聲最重要！」湯姆斯激動地說。

海倫已經走到了地圖旁邊，她用手指點着地圖，四號區域是她劃定的。

「就在這裏，羅伯特戈登大學這個區域。亞伯丁的南部。」海倫指着地圖，說道，「如果能

聽見船的汽笛聲，那麼離河道一定比較近，那就是這裏，迪河附近。」

「嗯，迪河在亞伯丁港注入大海，這裏往來船隻很多。」柯特説，「汽笛聲是我們的意外收穫，目標範圍更小了。」

「我們要好好地研究這片區域。」海倫看着地圖説，「柯特會長，你是當地人，你了解亞伯丁這個城市。」

「嗯。」柯特點點頭，「我以前曾在亞伯丁市內住過好多年，四號區域這裏，我是比較熟悉的。」

地圖很大，四號區域在地圖的下方，柯特彎着腰，仔細地看着四號區域，看了一會，他指着地圖開始詳解。首先，迪河把四號區域分成上下兩個部分，迪河南岸，也就是四號區域的下半部，以B9077公路為主，這裏都是道路網，幾乎沒有住宅區，連古堡、老宅、墓地也沒有，所以雷頓躲在這裏的可能性不大，這樣目標位置的區

域範圍就更加縮小了。而迪河北岸，凱森特路沿着迪河的河道方向，幾乎平行，兩者間相距也就幾百米，這條道路上房屋眾多，很多都是老樓老屋，根據魔怪最愛古屋的原則，雷頓在這條路上或者附近街道上的概率最大。

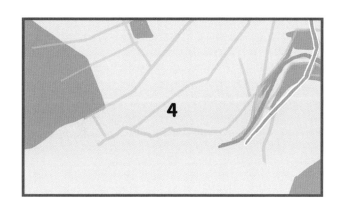

　　海倫他們很滿意柯特的解答，海倫已經把重點放在了凱森特路上了。現在，目標已經縮小到一條主路和幾條輔路上了，他們都很高興。

　　「今天已經很晚了，明天一早，湯姆斯、餓了，我們去亞伯丁！」海倫斬釘截鐵地說。

第二章 凱森特路

第二天一早，海倫他們就離開了橡樹鎮，向亞伯丁進發。橡樹鎮確實恢復了往日的平靜，也令海倫他們感到欣慰。

他們到達亞伯丁已經是上午十點了，一輛公車把他們送到了海倫劃定的四號區域，這裏其實在亞伯丁市的西南部，公車就在凱森特路停下來，這裏是四號區域的最西端。

海倫他們站在凱森特路的人行道上，看着前方，瑟瑟的威風吹過，蘇格蘭特有的憂鬱陰天，把整個街景描畫成了一致的灰暗色調。

凱森特路的左邊，有着一排排的老樓老屋，偶爾也有現代化一些的樓房或聯排房，由於地勢原因，道路的左邊要比右邊高，道路的右邊是一道長長的石牆，石牆外是大片的樹林，樹林再過去，就是迪河了。

「雷頓很會選地方。」湯姆斯看着道路的兩側，「房屋眾多，它可以隱蔽其中，但是對面又是樹林又是河道，它逃走也方便。不像住在人口密集區，雖然是好隱藏，但是逃跑起來，到處都是房屋，反倒不好跑。」

「我說湯姆斯，你小點聲。」餓了說道，「雷頓就在這條街道上，不要讓它聽到了，而且你這個小孩子，現在應該是上學時間，不能在街上亂晃。你要低調些。」

「我覺得你教訓我的聲音更大。」湯姆斯非常不滿地說道。

「餓了說得對，我們要低調一些。」海倫看看兩個伙伴，餓了此時站在地上，「我們的搜索不能引起注意。」

「那餓了最好到我的背包裏來，省得牠話多，引來關注。」湯姆斯蹲下去，把餓了抱起來，放進自己的背包。

「海倫，你準備怎麼查？」餓了在背包裏

問，「挨家挨戶敲門問：嗨，雷頓住這裏嗎？」

「沿街走一遍，先了解這裏的整體情況。然後去警察局，雷頓這個大魔頭住在這裏，我不相信它一點魔怪跡象都沒有露出。我要問問警察，這裏有沒有什麼靈異現象發生過。」海倫脫口而出，她早就想好下一步該怎麼進行了。

「好啊，就這樣。」餓了說道，「我也不相信一個大魔頭住在人類社區裏就一點痕跡不留⋯⋯前進，我們出發吧。」

海倫邁步向前，湯姆斯連忙跟上。他們一邊走，一邊仔細地觀察着周圍，湯姆斯總是看着身邊那些房子，那黑黑的窗戶裏，似乎都隱藏着雷頓。雖然湯姆斯知道，雷頓只有一個，不可能每家每戶都藏着一個雷頓。

他們向前走了一百多米，遇到一個紅綠燈就停下，湯姆斯看了看身邊的房間。

「看看那個窗戶，雷頓可能住在裏面呢。」湯姆斯激動地說，他看着一幢獨立的樓房的窗

戶，這幢樓房一共有三層，湯姆斯壓低了聲音，「看，這個樓房的窗戶位置可以俯看整片區域，尤其是二樓以上的，房前沒有樹木阻礙視線，跳窗後可以直接過馬路衝進樹林。」

「不會的，別想了。」海倫說着指了指那建築的大門口，「看門口那裏寫着的。」

大門口旁邊的草坪上，插着一塊牌子，上面寫着「房屋出租，附裝修附家具」，這所房子顯然是空置的。

「噢，算我沒說。」湯姆斯聳聳肩，不過他立即指着更遠處的一幢三層樓房的公寓，「雷頓也可能住那座呀……」

「觀察事物不仔細，扣分。」海倫有些教訓口吻地說，「還強詞奪理……」

「啊，還敢教訓我。」湯姆斯說着，一拳向海倫打過去，當然，這不是真的要打海倫，湯姆斯在和海倫嬉戲。

海倫可是魔法師，靈活地一閃躲過了攻擊，

反手打來，湯姆斯也要一閃，躲過了海倫的攻擊。

「噢——噢——」餓了很不高興地在湯姆斯的背包裏叫了起來，「湯姆斯司機，你在幹什麼？在跳舞嗎？你晃到你的白金卡乘客了！」

「海倫她說我。」湯姆斯回頭說。

「哎，你看上去小，心理年齡也小，説你兩句就説兩句。」餓了用教育的口吻説，「海倫也經常説我：你現在是警察，要嚴肅一些……」

綠燈亮了，他們穿過斑馬線，繼續沿着街向前走。路上行人真的很少，他們身邊有個候車室，只有一個女士在裏面。

再往前走，那幢三層公寓，一個老人走出大門，他行動有些遲緩，還帶着一條小狗，小狗的品種是蘇格蘭梗犬，是當地的犬種。老人牽着狗，向街上走來，老人住的公寓樓在高坡之上，到街上要走下一個很陡峭的台階。台階有扶手，那隻小狗能輕鬆地下來，老人則小心地拉着扶手，慢慢地下來。

海倫和湯姆斯經過那個台階，這時，老人顯然是站立不穩，從台階上一頭就

跌了下來。

「當心——」湯姆斯大喊一聲，雙手一撐，接住了老人。

海倫上去幫忙，他們把老人支撐住後，慢慢扶下來。

「噢，謝謝，謝謝你們。」老人感激地說，「差點出大問題，沒有你們我就要去醫院了，真是太感謝了！」

老人帶着的那隻蘇格蘭梗犬，圍着大家轉圈，似乎也很激動，很感激大家。

「老先生，你可要當心呀。」海倫說，「上下這個台階，都要當心。」

「噢，我知道。」老人笑了笑，「早上下了些雨，現在天氣還陰着呢，地面有點滑，我今後會注意……哎，我說，我的小恩人，你怎麼不去上學？就這麼跟着你的姐姐在街上走嗎？」

老人看着正在撫摸小狗的湯姆斯，湯姆斯先是一愣，隨後很尷尬地眨了眨眼。

「我其實不小了，其實……」湯姆斯想了想，「我今天有點事，嗯，確實有點事，我很懷念我的學校，還有那些傻乎乎的同學……」

「去吧，還是去上學吧。」老人聳聳肩，「我覺得你是個好學生。」

「老師也這麼認為。」湯姆斯點點頭，「您真有眼力……那麼海倫，沒什麼事，我們快走吧。」

「謝謝你們，我去買份報紙。」老人連忙說，他應該看出了湯姆斯的尷尬。

海倫和湯姆斯對老人點點頭，一起走了。餓了剛才全程都在背包裏聽着外面的說話，沒有插嘴。

「蘇格蘭這裏的魔法商店，不知道有沒有復原解藥，我真不想當你弟弟了。」湯姆斯看到老人向另一方走了十幾米，對海倫說道。

「抓住雷頓，我們全世界幫你找解藥。」海倫說道，「目前你這個樣子，也不能徹底說不

好，你的魔法師身分會被完全掩飾，這對我們秘密查找雷頓，其實是有幫助的。」

「那你為什麼不變小？」湯姆斯沒好氣地說。

「因為我認真仔細，吃魔藥的時候會看保質期限。」海倫說着昂着頭向前走去。

湯姆斯聽到這話有些生氣，但是很無奈，連忙跟上海倫。

前面，依舊是沿着街建造的一排排房子，基本上都是民居，也有一個不大的超市。海倫一邊走，一邊努力感知着魔怪反應。她曾經擁有的一種叫幽靈雷達的魔怪探測器，目前有些過時，魔怪們基本上都服用了一種廉價的遮罩魔藥，這樣幽靈雷達就很難探測到隱藏起來的魔怪了。

海倫他們繼續向前走，走了十多分鐘，湯姆斯幻想着有魔怪突然衝出來，看見魔法師後轉身就跑，那就是雷頓。海倫說他簡直是在夢遊，其實海倫也一樣，希望能發現些什麼，不過走了很

長的一段路後，一切都很平靜。

　　「好了，再向前就是五號區域了。」湯姆斯抬頭，看着前面的一塊路牌，「就到這裏吧。」

　　「我們了解到這裏的地形了。」海倫回頭看了看身後的樓房和排屋，她知道雷頓很大機會就隱藏在其中的一間裏面。

　　「按你說的，去最近的警察局吧。」湯姆斯說，「他們可能掌握一些情況，那個雷頓在這裏應該生活好幾年了。」

　　「根據線報和判斷，雷頓是五年前到亞伯丁的。」餓了的聲音傳來，「這是我們魔法警察部的諾恩部長說的。」

　　「噢，餓了，我以為你睡着了。」湯姆斯略有吃驚地說。

「我偶爾也會抽一些時間來思考問題，思考人生。」餓了很認真地說。

海倫查找地圖，找到了最近的警察局——亞伯丁南區警察局。警察局距離他們所在的街口不遠，他們徒步十分鐘就到了。

南區警察局不大，好像是一家公司的布置，進入大門後穿過一個很短的走廊，十幾個警察全都在一個大房間裏辦公。

「報案嗎？」最外面的桌子後，坐着一個年輕的警員。

「我是蘇格蘭場魔法警察事務部的海倫，這是我的同事湯姆斯，還有餓了，噢，牠的名字叫餓了，不是真的餓了。」海倫說着亮出了自己的證件。

「噢，原來是同事。我聽說了，你們這個部門成立不久，辦理魔怪案件。」警員點點頭，他又看看湯姆斯，和已經從背包裏探出頭的餓了，「你們好，有什麼能幫忙的，」

「我們在查一個案子，你們這裏的凱森特路上，可能隱藏着一個魔怪，但具體不知道住在哪裏。」海倫説，「我們想找了解這條路的同事問一下……」

「派克——」警員看向裏面的位置，喊道，「有同事找你——」

警員示意海倫他們向裏走，房間裏面，一個高個子警員已經站了起來，他大概三十歲，戴着一副眼鏡，顯得文質彬彬，他就是派克。

海倫他們走了過去自我介紹，並且把要了解的情況也告訴了派克。派克給海倫他們搬了兩張椅子，請他們坐下。他就是負責凱森特路區域的警察，那裏就是他的管轄區。

「凱森特路⋯⋯是一條平靜的路。」派兒想了想，「那是我巡街的主要道路，那裏的居民構成，有附近羅伯特戈登大學的教職工，出租的房屋住的很多也是那所學校的學生。從案件上來說，最嚴重的案件，這幾年基本就是交通事故了，有兩宗是酒駕造成的。哦，還有兩家鄰居，相互給對方起外號，最後發生了輕微的肢體衝突，經過調解，目前處於完全和解的狀態。」

「我們是問有沒有靈異事件，就是說解釋不清的事情發生。」湯姆斯強調說。

「顯然沒有，我對那裏很熟悉，那裏很多居民也認識我，如果有，我想我會知道。」派克說道，「靈異事件要是引起案件，一樣會被記錄，這點你們應該清楚。」

「噢，有沒有一股狂風，形成一股小小的龍捲風，鑽進一家的窗戶裏，魔怪回家了。」餓了已經從湯姆斯的背包裏出來，坐在派克的辦公桌上，牠依舊不死心，追問道。

「這個……電視劇或者電影上有這種表現，但現實生活中，真的很少見，或者說沒有，起碼我們這片區域，沒有這樣的事。」派克微微笑着說。

「是這樣呀。」海倫失望地看看派克，又看了看湯姆斯，「那我們要回去了……」

湯姆斯點了點頭，無奈地站起來。

「沒有幫到你們，真是不好意思。」派克也站了起來。

「嗨，我說，靈異事件，那麼兩條松鼠尾巴算不算呢？」這時，派克對面的辦公桌後，一個年輕警員眉飛色舞地說，他剛才一直也在一邊聽着海倫他們的話。

關鍵人物

派克

隸屬於亞伯丁南區警察局，負責凱森特路區域，是一位務實的警員，可惜他也說不出這區域近年發生過什麼靈異案件。究竟是他忘卻了，還是雷頓真的不在那一區呢？

納爾遜

居住在凱森特路的老人，與寵物蘇格蘭梗犬為伴。他看起來好慈祥，但身體似乎不太好，走路也站不穩。海倫他們應該向他套取更多情報嗎？

關鍵證物

哈丁的手機

即使是魔怪都會依靠人類的發明，例如雷頓每天都會準時用手機聯絡哈丁來指派命令。雖然哈丁的作供不老實，但魔法警察們卻借助這手機，間接取得了雷頓的情報。

亞伯丁地圖

全靠海倫的計策，以及魔法師柯特對亞伯丁的熟悉，他們終於在這地圖上鎖定了雷頓最有可能藏身在四號區域。下一步要用什麼方法證實雷頓潛伏在這一區呢？

第四章

松鼠斷尾

「皮諾，你在說什麼？」派克看看對面叫皮諾的同事。

「噢，是這樣的，凱森特路住着我一個案子的證人，我連續幾次找他，就在凱森特路上，靠近迪河那邊的石頭矮牆那裏，發現過兩次松鼠尾巴。全都帶血，看起來松鼠被吃掉了，這算不算是靈異事件呢？」

「松鼠被吃了？」海倫疑惑地說，「那條路我們去過了，矮牆後是樹林，所以樹林裏有沒有狐狸這樣的動物呢？或者是流浪貓狗。」

「沒有，那一片從沒有狐狸出沒，流浪貓狗也會及時被動物保護協會收養。」派克説，「所以松鼠是不可能被狐狸或流浪貓狗吃掉的。」

「對，誰會吃松鼠呢？」皮諾聳聳肩，「我也是隨便説説的，給你們提供個情況。」

「這是什麼時候發生的事？」海倫問道。

「大概有幾年了，五年前吧。」皮諾想了想，説道。

「好的，謝謝。」海倫連忙説，「要是還有問題，我們還會來，這些天我們會在亞伯丁。」

海倫他們離開了南區警察局，他們出來後，已經快傍晚了。走出門不久，海倫站在一棵街邊的樹下，樣子嚴肅，明顯在思考什麼問題。她站在那裏，湯姆斯也不走路了，站在她身後，不知所措地看着四周，他不敢去打擾海倫。

「嗨，我説，湯姆斯，我們現在應該去旅館。」餓了把頭從湯姆斯的背包裏探出來，「我有點累了。」

「你還累？你都不用走路。」湯姆斯小聲說，「你就直接說吧，你想找個地方吃飯。」

「你可以這麼理解。」餓了滿不在乎地說。

「你們注意了嗎？凱森特路北面是樓房，南面是樹林，那個樹林裏，卻沒有動物。」海倫忽然說道。

「沒有動物？」湯姆斯看看海倫，「那裏……本來就不應該有動物吧，那是城市裏的樹林，不是動物園。」

「應該有松鼠。」海倫說，「還應該有野兔，只不過野兔生活得隱蔽，松鼠則顯得肆無忌憚。那個樹林，應該時不時就能看到松鼠。」

「樹林裏，也可能還有刺蝟。」餓了喊叫起來，「不過確實，我也沒看見松鼠，這好像有點問題，松鼠都去哪裏了？是不是害怕狐狸都躲起來了？可是警察說這一帶沒有狐狸，再說，就算有狐狸也不用怕，松鼠能上樹，狐狸不行。」

「今天有點晚了，明天一早，我們去凱森特

路旁邊的樹林裏，仔細確定那一片樹林究竟有沒有動物。」海倫若有所思地説，「如果真沒有動物，那麼……」

海倫沒有把話説完，而是看着湯姆斯，湯姆斯似乎聽明白她的意思了。

「海倫，你是指警察説的帶血松鼠尾巴，松鼠被魔怪給吃了，只留下了尾巴。」湯姆斯情緒略有緊張，「魔怪躲在人類社區，是為了隱藏起來，所以不敢作案害人，但它們嗜血成性，所以吃掉了對面樹林裏的松鼠。松鼠很機敏，發現有魔怪在那裏出沒吃自己的同伴後，全都跑掉了，所以再看不見那裏有松鼠。」

「沒錯，就是這樣。」海倫説道，「我們仔細搜查一下，如果樹林裏真是這樣，我們只要問問那位叫皮諾的警察，他具體在哪裏發現松鼠尾巴，那麼我們的搜索範圍就會更明確了。」

「嗯，因為魔怪很可能就近捕捉松鼠。」湯姆斯用力點着頭説。

「現在就去樹林裏吧。」餓了焦急地說，「我那些刺蝟兄弟，不知道被吃了多少。」

「現在去樹林，裏面太黑，看不清楚。」海倫說道。

海倫他們用手機搜索了一下，在附近找到一家旅館，就在凱森特路相鄰的芒特斯路上。他們住了進去，跑了幾乎一整天，他們也都累了。

吃了晚飯後，海倫他們都早早休息了。這一晚他們休息得很好，他們知道，挖出雷頓這個大魔頭絕對不是一朝一夕的事，未來還會遇到很多困難，所以休息好，才有精神去找雷頓。

第二天一早，吃過早飯，不到八點，他們就穿過小街來到凱森特路。早上的凱森特路顯得很安靜，只有汽車來往，幾乎看不到任何人。

他們穿過馬路，直接來到凱森特路的南面一側，沿路是一條長長的石頭矮牆，矮牆每隔二三百米，就有一個進入樹林的出入口。

海倫和湯姆斯從一個出入口進到樹林裏，餓

了此時跟着湯姆斯，牠也要實地探訪。樹林裏的樹木並不綿密，中間還有很多小空地。果然如同海倫説的，這裏沒有任何動物，包括松鼠，而這種小動物應該是遍布整個城市的。

　　僅僅在一段區域進行調查是不夠的，他們沿着凱森特路的方向，在叢林裏穿梭，一直向前。清早的樹林裏，空氣非常清新，但是這裏一片死寂，外邊凱森特路上汽車經過的聲音被樹木遮罩，樹林中只有他們腳踩在斷枝上發出的聲音。

　　「噢，我那些伙伴，一個都沒遇到。」餓了一邊走一邊説，「海倫、湯姆斯，我們刺蝟最喜歡在這種環境中生活，我們也有自己的窩，就是刺蝟洞。但是走了這一段，沒有一點刺蝟生活的跡象，這點我能保證。」

　　「所有的動物都不存在。」湯姆斯説着指了指頭頂上，「偶爾有雀鳥落在樹枝上，牠們無所謂，魔怪基本不吃鳥類。就算是遇到危險，雀鳥也會快速飛走，地面上的動物可不行。」

「再往前走走看吧。」海倫語氣沉重，「我現在更堅信，這一片區域絕對有魔怪隱藏，不敢危害人類，因為它怕引來魔法師，但是這裏的動物就慘了。」

他們繼續向前走了很遠，越過了四號區域，進到海倫劃定的五號區域裏的樹林，又走了一百多米。忽然，兩隻松鼠追逐着，爬上了一棵樹。

「松鼠──松鼠──」湯姆斯叫了起來。

樹林就像是復活過來一樣，有了小動物，就有了生機。海倫他們繼續向前，餓了忽然站住，牠的身邊，一小片灌木下，有一個洞口。

「嗨，海倫、湯姆斯，這就是我同伴的家，我能憑味道判斷牠現在不在家，也許是去晨跑了。」餓了指着洞口，有些激動，「但這是一隻刺蝟實際居住的家，一會牠就會回來。」

「到達五號區域，有小動物了。」海倫環視着周圍，「這裏遠離魔怪所在區域，動物們憑藉本能，判斷這裏是安全的，所以沒有搬走。」

「我說餓了，你能不能等你的伙伴回來，問問牠們為什麼不敢去四號區域那邊的樹林生活？」湯姆斯着急地問。

「這可是麻煩事，牠們都是普通刺蝟，不會魔法，所以牠們的智力水準嘛……」餓了搖頭晃腦地說，「我能和牠們簡單交流，就是『嗨，你好，這是我的領地，走開』，只有這些。」

「即是和那些動物無法交流。」海倫擺擺手，「我查過了，這裏也沒有大鼠仙生活，所以具體資訊必須由我們自己採集。」

海倫決定往回走，因為基本情況已經得到證

據支援，四號區域就是有魔怪嚇跑了所有動物。

　　他們穿過樹林向道路上走去。來到凱森特路上，海倫拿出了手機。

　　「打給皮諾警員，看看那兩條松鼠尾巴，他具體是在哪裏發現的。」海倫説着撥通了南區警察局的電話。

　　皮諾警員在電話裏想了很久，最後終於想起兩條松鼠尾巴都是在凱森特路和克奇威街交叉路口那裏發現的。海倫非常感謝，收起了電話。

　　「我們得到的線報是，雷頓大概在五年前隱藏進亞伯丁，皮諾回憶發現松鼠尾巴大概也是那個時間。」海倫很有信心地説，「我想雷頓就是五年前入住凱森特路的，皮諾説發現松鼠尾巴的地方是凱森特路和克奇威街的交叉路口。所以雷頓具體入住的房子就在克奇威街附近，它就近吃掉了松鼠！」

　　「那還等什麼？現在就去抓！」湯姆斯揮了揮手，「走呀！我記得那裏倒是有幾幢房子，目

標範圍可小多了。」

他們説着話，前往克奇威街。大家此時都很興奮，尤其是餓了，牠居然在湯姆斯的背包裏跳來跳去，就像已經抓住了雷頓一樣。

十多分鐘後，他們來到了克奇威街和凱森特路的交叉路口，站在凱森特路的南邊。兩條街呈現出完全互相垂直的態勢，克奇威街是一條小街，街面寬度連凱森特路的一半都不到。兩側都有公寓，只不過有大有小，大的能住幾十户人家，小的能住十幾户人家，這裏沒有任何商店。

凱森特路上的汽車來來往往，海倫他們站在街上，看着對面那些房子，雷頓很大機會就住在裏面，或者更遠一些的房子裏。無論如何，這裏已經是魔法偵探——異域搜查師們的核心目標位置了。

「要是我就會藏在那裏。」湯姆斯指着街上東面那幢大型建築，「那裏人多，好隱藏。」

「人少不被打擾，不會引起關注。」餓了在

背包裏探出頭，「要是我就住在小房子裏。」

「全都要查。」海倫說，「我們一會就過去，這幾幢建築都要進去查，還要查問五年前有誰入住，這個派克已經去做了。」

湯姆斯和餓了都同意，這時，對面一幢建築，一扇窗戶打開，有個人探出頭，看向這邊。

「啊，是雷頓嗎？他發現了我們。」餓了連忙縮進背包裏，「我說，你們兩個，不要和他對視呀！」

「不是雷頓，是一個小女孩。」湯姆斯說，「噢，她為什麼和我一樣，不去上學。」

正說着，一輛汽車由遠及近地開過來，這輛車突然變向，開上了街邊人行道，也就是海倫他們站着的地方。

「海倫當心——」湯姆斯大喊一聲，猛地把海倫推開。

第五章 伯納德教授

　　海倫正看着對面，沒有注意有汽車開上路，湯姆斯看到立即推開她，那輛車就對着他撞上去，湯姆斯當即飛了出去。海倫被推開，但是身體還是被汽車擦過，她被甩在一邊。

　　汽車撞到湯姆斯後，又撞向街邊的石矮牆，最後車頭徹底撞爛，停在那裏。

　　汽車裏，安全氣囊打開了，駕駛員倒在氣囊上，似乎昏迷了。

　　海倫掙扎着爬起來，她頭暈眼花，站都站不住了。

　　「湯姆斯──湯姆斯──」海倫有氣無力地喊着。

　　沒有人回答海倫。街邊，兩輛路過的車看到有事故發生，全都停下來，打電話報警。

　　「湯姆斯──湯姆斯──」海倫又叫道。

「海倫——湯姆斯——」餓了的聲音從矮牆那邊傳來，「救命呀——」

　　海倫吃力地爬過矮牆，看見餓了從一個灌木叢中鑽出來，牠的身體晃蕩着，看起來似乎沒什麼大問題。向遠處看，只見湯姆斯躺在一棵樹下，身體一動不動。

　　「湯姆斯——」海倫連忙衝過去。

湯姆斯躺在樹下，閉着眼睛，似乎沒有呼吸。海倫衝過去，搖晃着湯姆斯。

　　「急救水——背包裏——」餓了用力拖過來湯姆斯的背包，剛才湯姆斯被撞飛了，飛起來的時候，背包落在地上，裏面的餓了被摔出來。

　　海倫急忙從背包裏拿出急救水來，撬開湯姆斯的嘴巴，把急救室給他灌了下去。

　　「湯姆斯沒事吧？」餓了在一邊，悲楚地問道。

　　「要看受傷的程度了，表面沒有流血，應該有內傷。」海倫説着，又給湯姆斯灌下急救水，「我們給他喝急救水算是及時，受傷後五分鐘內喝下，是黃金時間。」

　　遠處，救護車的鳴笛聲傳來，海倫看了看矮牆那邊，有兩個路人看着海倫，都顯得非常不知所措。

「海倫，你也要喝一點急救水啊！」餓了建議道。

「我沒事。」海倫搖了搖頭，「送到醫院後，還要給湯姆斯喝。」

「這是謀殺，這是雷頓對我們的謀殺！」餓了說，「撞我們的人一定受了雷頓的指使！」

「他好像也受傷了。」海倫喃喃地說。

一分鐘後，救護車趕到了，隨後兩輛警車也趕到。海倫和湯姆斯、餓了，連同肇事車輛司機，一起被送上救護車，送到了醫院。海倫看到了肇事車輛司機，他被搬出汽車時，就已經醒了。他是一個年紀大約四十歲左右的男子，海倫感覺不出他有一點的魔怪反應，應該就是一個普通人，但是和雷頓有沒有勾結就不知道了。一個警察一直守在那男子身邊，大概是怕他逃跑了。

到達醫院後，湯姆斯睜開了眼睛，呼吸還是比較微弱。海倫對醫生說明了自己和湯姆斯的身分，也說了急救水的功效。醫生對湯姆斯進行了

多項檢查，湯姆斯被撞後身體內部多處受傷，但在急救水的作用下已迅速恢復；到了下午，他已能說話了，身體也能輕輕地活動。

　　海倫和餓了非常高興，湯姆斯被安排進了單獨病房，醫生給他也用了藥物治療。海倫此時好多了，她被湯姆斯及時推開，和汽車僅僅是刮蹭撞擊，沒怎麼受傷；至於餓了，牠早就好了。

　　傍晚，派克警員和皮諾警員來到了病房，凱森特路本來就是派克的管轄區，有什麼事都由他負責。他和皮諾也都意識到問題的嚴重，覺得這次事故不一般。

　　「司機叫伯納德，是羅伯特戈登大學的副教授。」派克講述情況，「撞擊對他造成了腦震盪，現在已經基本恢復，他說事故之前一陣眩暈，直接開車撞了上來，絕對不是故意的。我們正在對他進行全面的調查。」

　　「他本人不會就是雷頓吧？」餓了憤怒地說，「我看他撞過來的樣子，就是要把我們一下

全都撞死！你們知道嗎？當時海倫被推開了，才沒受重傷，如果她也受傷暈過去，我又暈過去，那就沒人給我們服下急救水，我們就全都掛掉了！」

「噢，確實很嚴重，我們也相信這次撞擊的目的就是要置你們於死地。」派克說，「但是這個伯納德是土生土長的本地人，從一出生就生活在亞伯丁，雷頓則是五年前才來的。」

「那他是接到了雷頓的指令。」餓了激動地揮着拳頭，「不能放過他！查他，他和雷頓一定有勾結。」

「是的，調查正在進行，而且他跑不了，我們有兩個警員看着他呢。」皮諾說道。

「沿着伯納德的線，就能找到雷頓……」湯姆斯躺在病牀上，有氣無力地說，他的身體還是很虛弱。

「你好好休息，別說話。」海倫聽到湯姆斯的話很微弱，在一邊命令他地說。

「嗯，不説話，可是你們好像也沒有顧忌一個病人的感受呀。」湯姆斯動了動身子，「啊呀，腰痛，啊呀，不舒服……」

海倫站起來，看看派克和皮諾，做了一個全都出門的手勢，她想讓湯姆斯好好休息。隨後，海倫出了房間，派克和皮諾也跟了出來，餓了走在最後面。

派克和皮諾走了，他們也要去調查伯納德。海倫和餓了把他們送出醫院大門。

「我們去哪裏呢？我想湯姆斯現在應該睡着了，我們不要去打擾他了。」餓了説道，「我們去吃點點心？」

「你剛才都吃過了。」海倫搖着頭，「餓了，你別想着吃，現在要抓緊辦案。」

「餓了不吃怎麼行？」餓了聳聳肩，「現在辦什麼案？去抓雷頓嗎？去克奇威街那幾個公寓嗎？我想雷頓就住在那裏，可是那裏有好多人家……」

「我們去審問一下伯納德。」海倫打斷餓了的話，「他現在就在這個醫院裏，如果見到他，我們可以通過訊問知道他是否和魔怪有勾結。」

「那……好呀。」餓了點點頭，「他可能就是和魔怪有勾結，本身不是魔怪，否則兩個警員可看不住他。」

海倫去醫院大門的前台那裏，查到了伯納德的病房，就在湯姆斯病房的下一層。她和餓了連忙去了病房，剛到門口，就聽見裏面的吵鬧。

「我的身體我知道！不用你們管，我不是犯人！不要你們看押！」激動的聲音傳出來。

「我們才懶得管你呢，可是你要是在我們看管期間出了問題，就是不行！你現在不能下牀！」另一個聲音也很激動。

海倫和餓了站在門口敲了敲門，門被打開，一個警員看着海倫。

「蘇格蘭場魔法事務部，海倫。」海倫說着亮出了自己的證件，「還有我的同事，餓了。」

「我名字叫餓了，不是真的餓了。」餓了連忙解釋起來。

警員請海倫和餓了進去，海倫說明了來意，她要對伯納德進行詢問。海倫被帶到伯納德身邊，他看了看海倫。

「護士小姐，我就想出去打個電話，我已經好多了，可是他們不讓路！我又不是殺人犯，我就是交通出了事故，但不是故意的⋯⋯」

「我不是護士，我是蘇格蘭場的警察海倫。」海倫看看伯納德，「你撞到的人就是我，我的另外一個伙伴，被你撞得還躺在病房裏。」

伯納德驚得瞪大雙眼，直愣愣地看着海倫，什麼話都說不出來了。

「我也被你撞飛了。」餓了說，「你的駕駛學校教

66

你怎麼去撞人嗎？還是你是自學成才的？」

「我⋯⋯」伯納德滿臉的羞愧，「對不起，太對不起了，我真的是無意的，給你們造成的傷害，我知道是無法彌補的，只能在這裏致歉，請你們原諒我，我⋯⋯」

「是否原諒你，要看你的態度。」海倫説着拉了一張椅子，坐了下來，「我剛才説過了，我們是蘇格蘭場的警察。」

「噢，我知道了，除了這次交通意外，別的我不知道呀！我一直是個奉公守法的公民。」伯納德略帶委屈地説。

「就是問你撞人這件事，你為什麼撞我們？你喝酒了？可是酒精測試你沒有喝酒呀。」海倫直接問道。

「我為什麼要撞你們？我是個副教授，深受我們羅伯特戈登大學全體師生，以及亞伯丁大學部分師生的喜愛。」伯納德激動地説，「我是正常開車呀！當時就是腦子一暈，方向盤不受控

制，我就撞向了你們！車壞了，方向盤壞了，我掌控不了，我都不認識你們，為什麼要撞你們呀？」

「你是說腦子一暈？」海倫問，「怎麼會暈？你有心臟或腦的疾病？」

「我健康得很呢！」伯納德還是很激動，「我就是頭暈，也不知道怎麼回事，然後覺得方向盤不受控了，我就是這樣完全不能控制自己，也不能控制汽車，誰會想到有這樣的事？」

「你最近有沒有遇到什麼靈異事件？或者你得罪過什麼像巫師這類的人嗎？」海倫進一步問。

「靈異事件？沒有，而且我從來不得罪人，我的工作很忙，沒時間去得罪人。」

「這種頭暈，不受控的情況，以前遇到過嗎？」海倫又問。

「沒有，絕對沒有。」伯納德搖了搖頭。

「好的，我問的都好了。」海倫點點頭，

「如果你不是故意的，我們當然會原諒你。不過警方還有一些調查，行駛中的汽車開上人行道，可不是什麼小事，所以下一步你要聽從警方的安排。」

「好的，我會的。」伯納德說，「你們能原諒我，我很高興，真的很抱歉……」

海倫站了起來，點點頭，向門外走去。走了兩步，忽然又站住，轉身看看伯納德。

「伯納德先生，為什麼你說自己受到你們學校全體師生，以及亞伯丁大學部分師生的喜愛？為什麼是『部分』？」

伯納德教授

在凱森特路駕車撞向海倫和湯姆斯的司機，他接受盤問時解釋只是一時覺得眩暈，方向盤不受控制，並非刻意施襲。警員查出他的身分是羅伯特戈登大學的副教授，看來也是個難以安靜下來的人。這樣的人，雷頓會利用嗎？

關鍵證物

松鼠尾巴

五年前皮諾警員在凱森特路曾發現過兩次沾血的松鼠尾巴。可是，這一帶是沒有狐狸或流浪貓狗的，松鼠被牠們吃掉的機會很微。更怪異的是，四號區域連一點小動物都找不到，牠們全都逃到五號區域的森林裏。這個可疑之處，有需要再追查一下嗎？

第六章　百年大橡樹

「因為亞伯丁大學很多學生不認識我，所以是『部分』。」伯納德晃晃頭，「我是數學系副教授，我們搞數學的就是要嚴謹。」

海倫點點頭，帶着餓了走了。他們出了門，伯納德的話傳出來，他是對兩個警員說的。

「嗨，看到了嗎？她還帶着一隻會說話的刺蝟……」

「她是魔法警察呀，帶會說話的大象也正常。」警員說，「你好好躺着，你的話真多……」

「話確實多。」餓了看了看海倫，「怎麼樣？這傢伙沒問題吧？」

「沒什麼問題，最少沒有和魔怪接觸的反應，這我大概能看出來。話太多，魔怪也不會買通這樣的人幹壞事，否則警察沒發現，自己就先說出去了。」海倫說道，「我想的是……他有可

能被魔怪操控了。」

「你是説他是無辜的，即是撞擊我們的時候，他的意識被控制住了？」餓了問道。

「對，就是這樣。」海倫若有所思地點點頭，「雷頓絕對有這個能力。」

「説明雷頓就在街對面的樓裏。」餓了説道，「它看到我們走過來，就操控伯納德開車撞我們……不對呀，雷頓怎麼知道我們是魔法警察呢？我當時在湯姆斯的背包裏，即使我在街上大聲和你們説話，雷頓也不可能認為我們是警察呀！最多認為我們是會魔法的人和刺蝟。」

「不知道呀，我們哪裏出了紕漏，讓他看出來了嗎？」海倫想了想，説道。

「下一步我們該怎麼辦呢？湯姆斯看來要過一天才能恢復過來。」餓了無奈地説。

「讓他先休息，我們進行下一步工作，就是去雷頓可能藏身的克奇威街兩邊的公寓裏。」海倫説，「雷頓操控汽車撞我們，不就是阻止我們

進入公寓調查嗎？我偏要進去看看。」

「一場惡戰就要爆發了！」餓了揮了揮手臂，「好，海倫，我們一起去，找出雷頓，看我滿身硬刺的厲害……不過去之前，我們應該去吃點東西吧？這樣我才更有力量對付雷頓。」

海倫帶着餓了出了醫院，他們在旁邊的速食店吃了午飯，隨後再次步行前往克奇威街。海倫目前確定的具體目標，是克奇威街左邊的一座十幾戶人家的小公寓，以及街右邊的一座幾十戶人家的大公寓。

這次，海倫和餓了是沿着凱森特路的北側，也就是公寓門前的道路行進的。再次走上這條路，海倫非常謹慎，緊張地看着道路上來往的汽車。此時，海倫背着湯姆斯的背包，餓了就在裏面，把頭探出背包口。

「啊呀，我怎麼感覺所有車都是要來撞我們的呀！」餓了東張西望，不放心地說。

「越說我越緊張了。」海倫不知所措地說，

「餓了，你不要製造緊張情緒好不好。」

「好吧。」餓了愁眉苦臉地說，「剛才兩個警官不也說了嗎？他們去這幾幢公寓的管理公司查閱過住戶資料了，五年前左右有三戶人家租住過，但是兩年前都陸續搬走了；有一戶購房的，購買後並未實際居住呀，所以從租住記錄也查不到什麼。」

「嗯，是查不到什麼。」海倫點點頭，「所以我們只能用最笨的方法，就是實地走訪去詢問，我就不相信雷頓這個魔怪偽裝得那麼深，一點痕跡都沒有留下。」

「說的也是，但是這裏有好幾幢樓，要一幢一幢大樓的問呀！」餓了擔憂地說。

「沒辦法，只能這樣，如果湯姆斯在，我們分開問，進展會快一些。」海倫無奈地說。

「我也想單獨去問，但是我這個樣子，怕嚇到大樓的管理員。」餓了說着又興奮起來，「要不然我變成一個人，一個長着刺的人，哈哈

哈⋯⋯」

　　說着話，海倫邁上台階，台階旁有一棵高大的橡樹，風一吹，橡樹上的樹葉搖曳。海倫看着眼前的大樓，大樓門口有文字──楓葉公寓。

　　一個女士從門口走了出來，沒有理會海倫。海倫走了進去。

　　大樓的前廳空間不是很大，右邊有一個比較高大的前台，但是沒有看到管理員。

　　「嗨──」海倫走到前台，她隱約看見一個人的腳搭在前台後的桌案上，「你好──」

　　管理員歪戴着帽子，坐在椅子上，腳翹起來搭在桌案上，身體輕輕地搖晃着椅子，一副非常悠閒的樣子。

　　海倫的頭探進前台，管理員立即坐好，對海倫笑了笑，他大概五十歲，棕色頭髮。

「你好，有什麼可以幫你？」管理員說道。

「你好。」海倫說着拿出了自己的證件，對着管理員晃了晃，「我是警察，叫海倫，有些事想諮詢你一下。」

「噢，年輕的警官女士。」管理員眉毛挑了挑，「歡迎你來到我們楓葉公寓，竭誠為你服務……」

正說着，一個女士帶着一個小男孩從電梯走出來，小男孩大概五六歲，看見管理員，叫了起來。

「嗨，老傑克，你的隊輸了，你說流浪隊能三比零拿下比賽，但是它一比三輸了。」

「萊德，不要這麼沒禮貌。」女士拉了拉小男孩，隨後看了看管理員，「不過確實，一個亞伯丁人為什麼喜歡格拉斯哥流浪隊呢？」

「噢，因為亞伯丁總是拿不了冠軍，還降級過幾次。」管理員說，「我不想每次看比賽都生一肚子氣。」

「這不是理由。」女士帶着小男孩走出門，「再見，老傑克。」

管理員老傑克和女士說再見，隨後看了看海倫。

「是海倫警官嗎，你要問什麼？」

「我在查一個案件，我是魔法警察，案件是魔怪案件，所以我想知道這幢大樓，大概從五年前開始，有沒有發生過什麼靈異事件，或者你覺得不能用常理來解釋的事？」海倫問道。

「靈異事件嘛……」老傑克想了想，隨後指着門外，「早上的時候，街口那裏有個司機莫名其妙地把車開上人行道，我跑去看了，司機被抬上擔架的時候，說自己不受控了，眼看着自己撞人，這算不算靈異事件？」

「他撞的就是我們。」海倫面無表情地說道。

「啊？」老傑克驚叫一聲，仔細看了看海倫，「噢，我想起來了，現場你好像也在。噢，

那送上救護車的那個孩子就是你弟弟了，你弟弟怎麼樣了？」

「他不是我弟弟。」海倫說道，「是我在向你提問，現在都是你在問我。」

「噢，對不起。」老傑克聳聳肩，「那麼，你的問題是什麼？」

「我的問題……」海倫痛苦地搖着頭。

「問你有沒有靈異事件，在這所大樓或者周圍區域！」餓了從背包裏探出頭，大聲地說，「真是急死我了！」

「有，有——」老傑克指着餓了，他瞪大眼睛看着餓了，「以前沒有，現在有了！這就是靈異事件。」

海倫生氣了，她真想去吵架，但是這是紀律所不允許的。她的雙手按在前台上，用力搖了搖頭。

「先生，我是魔法警察，辦理的是有關魔怪類型的案件，所以我們有的同事不一定是人類，

就像我背包裏的刺蝟先生，牠也是我們的警察。我這樣説，不知道你是否明白了？」

「噢，是這樣嗎？」老傑克又聳了聳肩，「那麼我明白了，你的同事都是刺蝟……」

海倫翻了翻眼睛，無奈地低下了頭。餓了則在背包後笑了起來，邊笑邊説：「這智商，真讓人着急。」

「好了，你就回答我的問題吧。」海倫不想囉嗦了，她可是在辦案。

「你的問題……噢，就是有沒有發生靈異事件……」管理員想了想，説道，「沒有。」

「啊？」海倫一愣。

「沒有。」老傑克説，「我説了呀，沒有，不知道你要什麼樣的答案。」

「就這麼簡單？」海倫皺着眉，「好吧，那就這樣吧，再見。」

「再見，小刺蝟。」老傑克對餓了揮了揮手。

海倫轉身出去，餓了在背包裏勸海倫説：「我説，有些人就是這樣，總是搞不清狀況。我們身邊的人，有一些總是生活在我們的平行世界呀。」

「好吧，我們去那邊的那幢樓問問，反正他多少也給答案了。」海倫説着，走下台階。

忽然，就在海倫剛下到台階下的時候，身邊那棵足有一米粗的大橡樹，直接倒了下來，砸向海倫。

「海倫——」餓了看到大樹倒下來，牠都來不及跑，只能大聲提醒海倫。

海倫也感到了大樹倒下那呼嘯的風聲，她連忙往後一退，但是腳被台階絆到，身體倒了下去，大樹猛烈地就砸了下來。

「啊——」餓了絕望地尖叫，海倫也驚叫起來。

第七章

病房夜襲

「噹——」的一聲，大樹砸中了台階的扶手，扶手被砸彎，但是這給了海倫一秒的時間，她迅速抽身，沒有被大樹砸中身體，但是巨大的樹幹擦碰到海倫的頭部和肩膀，她慘叫一聲，身體歪倒在台階上，隨即暈了過去。

「海倫——海倫——」餓了在海倫的背包裏，沒有受傷，牠鑽出來，大聲呼叫着。

海倫確實沒有被砸中，只是擦碰，兩條鋼鐵製成的台階扶手，已經完全被壓扁了。餓了又鑽進背包，飛快地扭開裏面急救水瓶的蓋子，隨後猛喝了一口水，含在嘴裏。餓了爬出背包，衝過去對着海倫，噴出一股急救水。

「噢，噢，嚇死我了，這是怎麼回事！」老傑克的聲音傳來，他已經從大樓裏跑出來，站在台階旁，看着海倫，「還好沒有砸到。」

隨即，管理員老傑克就掏出手機報警。餓了來回奔忙着，對着海倫噴出急救水。果然這比較管用，海倫迷迷糊糊地醒來了。

「海倫、海倫——」餓了看到海倫醒了，激動地叫着，牠在海倫身前又碰又跳。

「噢，醒了。」老傑克看到海倫醒了，也很高興，「我說，你感覺怎麼樣？警察和救護車正在趕來，我打電話了。」

海倫坐起來，隨後拿出急救水，喝了幾口。

「我剛才差點被這棵樹砸中。」海倫指着身邊的大橡樹。

「是呀，這麼粗的樹，砸中你就完了。」老傑克說，「你這魔法警察沒有對我們的樹做什麼吧？上百年的大樹了，我來這工作時候就有了，怎麼就倒下去砸你呢？」

「我……」海倫真的不想和這個管理員説話，但也沒辦法，「我還想問你呢，這棵樹是危險狀態嗎？怎麼會倒下來？」

「不可能，在我們大門口的樹木，有危險早就被鋸掉了。」老傑克擺着手説，「就是前幾天，這裏颳大風下大雨，這樹也就歪了歪，風雨停了我還來檢查了，沒有問題。」

「是這樣嗎？」海倫若有所思地説。

「靈異事件，這就是靈異事件！」老傑克大喊起來，「今天我遇到了多個靈異事件！」

「你什麼意思？」餓了指着管理員，説道。

「他説的沒錯，靈異事件。」海倫看看餓了，她一直是有氣無力的，「雷頓想殺我們，大樹不會無緣無故倒下的。」

不遠處，警車和救護車正在開過來。

一小時後，海倫躺在病牀上，她被救護車送到醫院，做了檢查。她有腦震盪情況出現，需要留院治療和觀察。海倫吃了藥，被送進病房，

84

她旁邊的病友，就是湯姆斯。因為兩人都是魔法師，而且都已喝了急救水，受到的治療和普通病人不同，所以被安排了在一起。

　　兩個病牀，靠窗的躺着海倫，靠門的躺着湯姆斯。湯姆斯的狀態看起來好了很多。餓了坐在兩張病牀中間的椅子上。

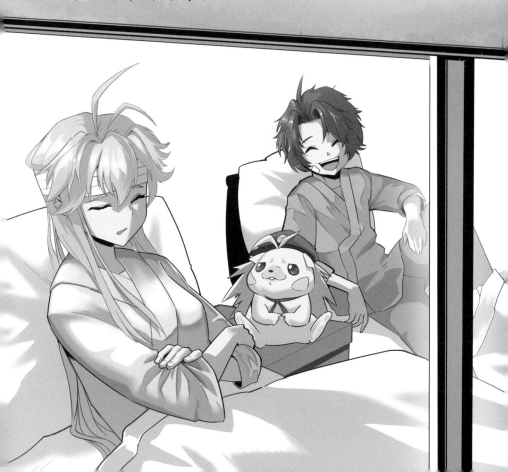

「海倫，你不需要以這種方式來陪我，偶然來看看我就可以了。」湯姆斯對海倫招招手，「我的病友，你好些了嗎？」

「不要鬧，湯姆斯。我不好，頭還是暈。」海倫有氣無力地說，「看來你就好了。」

「撇開我單獨行動，就是這樣。」湯姆斯說道，「沒有我在，你不行的。你就不能等我養好傷一起去嗎？」

「噢，確實，今天要不是大樹先砸在扶手上，海倫就慘了，雖然她是個魔法師。」餓了心有餘悸地說。

「雷頓，一定是雷頓！好好的大橡樹怎麼就倒下來了？」海倫儘管沒什麼力氣，但還是握着拳頭，「這更堅定我的判斷了，雷頓就躲在那個區域，它在阻止我們調查。」

「嗯，等我們徹底好了，就去那裏把雷頓挖出來。」湯姆斯說，「我說海倫，你還是先躺一會吧。今天運氣真差，我們這個組合差點就『團

滅』了。」

「海倫，你好好休息。」餓了說道，「我說，什麼時候吃飯？我想嘗嘗這裏的營養飯。」

「傍晚了，一會就開飯。」湯姆斯說，「這裏的飯菜不合我的胃口……」

海倫休息了。湯姆斯躺在牀上，看着手機，不再發出聲響了。餓了很無聊，牠跳下椅子，在房間裏漫無目的地踱步。牠的體態超小，影響不了海倫休息。

天很快就黑了。湯姆斯已經能走動，他帶着餓了去了醫院的食堂，同時告訴值班護士，海倫在休息，先不要給她送飯。

湯姆斯和餓了回來時，海倫還在休息。被大橡樹撞了一下，海倫受傷也不輕，雖然喝了急救水，但也要好好休息。

晚上，臨近十點，海倫醒了一會，她稍微好了一些，不過沒什麼胃口。護士過來給她檢查了一下，叫大家都早點休息。餓了沒受傷，說自己

睡不着，以前在森林時，牠可是晝伏夜出的。

湯姆斯把自己的手機給了餓了，給牠找了好幾部動畫片，餓了拿着手機，跑到窗邊，躲在窗簾後面看動畫片，這樣手機光線就會被窗簾布擋住，不影響別人休息。餓了喜歡看的動畫片是《勇敢的刺蝟》系列，湯姆斯給牠看過兩集後，今晚牠要一集一集看下去。

海倫已經睡了過去，湯姆斯關上燈也休息了。餓了躲在窗簾後，牠戴着一個湯姆斯給他做的耳機，就是把一個耳機夾在耳朵邊的一根刺上，這樣牠就能聽到聲音了。

很快，午夜十二點了。海倫和湯姆斯早就處於熟睡狀態，餓了則是看了兩集動畫片。在看下一集之前，餓了感覺渾身不太舒服，牠先關了手機，隨後走出窗簾，在房間裏來回走動，同時活動着

筋骨。牠感覺要運動一下，這樣舒服後，再看兩集動畫片才去休息。

餓了搖頭晃腦，晃着胳膊，從窗户走到大門，折返回來到窗邊，然後再次折返去到大門。

忽然，大門被慢慢推開，餓了一驚，這絕對不是護士，海倫和湯姆斯狀態穩定，護士晚上不會過來。大門被推開一條縫隙，然後停住了。

餓了也愣住了，牠瞪大眼睛看着門縫那裏，牠的夜視能力好，儘管黑着燈，依舊能看到外面有個人，穿着一件連帽衫，帽子壓得低低的，正在向裏面窺探。

門被慢慢推開了，那人走了進來。餓了明白來者不善，他就是來謀害海倫和湯姆斯的。那人躡手躡腳，慢慢靠近湯姆斯的病牀，餓了悄悄地走過去，牠身材相對於人類來説很小，所以那人根本就沒有注意到餓了的存在。

那人抬腳向前，餓了衝過去，根據預判，停在了那人落腳的地方，餓了後背上的刺全部都豎

立起來，硬刺對着上面。那人的腳直接踩下來，而餓了則用力向上一頂。

「啊——」那人的腳上被插進去十幾根刺，每一根都插進去很深，那人痛得大叫起來。

湯姆斯和海倫被叫聲驚醒，全都坐了起來。

「有刺客——」餓了大喊道。

那刺客捂着腳，餓了還貼在他的腳上，他是穿着鞋的，因為餓了用力一頂，他的鞋也完全被插穿了。他一把抓住餓了，想把牠拉開，但是手又被餓了插了一下。他又叫了一聲，開始拚命地甩腳，終於把餓了甩了出去。

兩道電光射了過來，湯姆斯出手了，刺客的肩膀被一道電光射中，又是一聲慘叫。海倫努力地跳下病牀，向着刺客就衝過去，這是一場黑暗中的交戰，海倫都沒時間去開燈，全憑着自己的夜視能力，她感覺到那個刺客的身形。海倫一腳踢過去，刺客被踢中，翻倒在地上。

湯姆斯已經跳下病牀，對着刺客又射出一道

閃電，刺客躲過射擊，轉身向門口跑去，餓了飛起來，砸在他的後背上，刺客叫了一聲。海倫衝過去拉住刺客，他回手一拳打中海倫，海倫還沒有完全恢復，一下就倒在地上。湯姆斯衝上去拉那刺客。

「怎麼回事呀——」門外，一個聲音傳來，是護士的聲音。值班的護士在護士台聽到這邊的響動，跑了過來。

那刺客一把抓住護士，自己躲在護士身後，用手指頂着護士的脖頸。

「退後——」刺客惡狠狠地說，「否則我就……」

湯姆斯見狀立即站住，餓了也不敢跳起來攻擊了。

「你不要傷害她！」湯姆斯大聲地說。

「不要過來，後退——」那人說道。

湯姆斯無奈地向後退，突然，刺客把護士猛地推過來，護士的身體橫着飛了起來，湯姆斯

連忙接住她。刺客借機，轉瞬間就跑得無影無蹤了。

湯姆斯扶穩了被嚇得瑟瑟發抖的護士，隨後和餓了一起追出門，哪裏還有那刺客的影子。很可惜，剛才的打鬥都是在黑暗中進行的，湯姆斯他們都沒有看清刺客的具體面目，只能感覺他穿着能遮住頭的衣服，很明顯，他本身就不想被看到。此外，他能抵禦湯姆斯的電光攻擊而逃走，顯然就是個魔怪。

回到房間裏，海倫已經打開了燈，那個護士坐在椅子上驚魂未定。海倫看了看她，護士只是被推了一下，沒受到什麼傷害。

「海倫，你還好吧？」餓了問道。

「我沒事。」海倫說道，「你們剛才聽到聲音了吧？這聲音有點像雷頓呀。」

「是雷頓嗎？」湯姆斯眨眨眼，那天在電話裏，他們都聽見了雷頓的聲音，「好像是吧，但是我沒聽出來。」

「我覺得就是雷頓，無論如何，它是個魔怪。」海倫說，她又想到一個問題，「你們說，雷頓既然躲在那裏，知道我們魔法警察在找它，完全可以逃走呀。為什麼一次兩次地對我們下手，現在還追到醫院來行兇了？」

「有可能是它捨不得那個藏身的家，誰靠近就殺誰。」餓了不假思索地說。

「一定有原因，就是不知道為什麼。」湯姆斯想了想，說道，「眼前的問題應該是，雷頓怎麼發現我們是魔法警察？」

湯姆斯的話問住了大家，餓了很喜歡脫口而出，也沒話說了。他們想來想去也想不出什麼答案。過了十多分鐘，派克和皮諾警員來了，跟着他們來的還有幾個警察。他們是接到報警，說病房這裏發生了針對受傷魔法警察的襲擊，匆匆趕來的。

看到海倫和湯姆斯沒事，大家總算放心。派克說醫院這裏不能再住了，海倫和湯姆斯要轉移

到安全地點。派克的話沒錯，魔怪已經知道了海倫和湯姆斯住的病房，有可能還會來偷襲。

　　一小時後，海倫和湯姆斯，被派克開車送到了海邊的一個度假屋，這是亞伯丁警方辦案用的「安全屋」。一路上，海倫看着車尾，沒有人跟蹤。在這個安全屋裏，他們是安全的，而且海倫和湯姆斯的傷都算是好了，只需要靜養兩天。

　　派克他們走了，海倫和湯姆斯全都睡下，只有餓了比較興奮，儘管這裏很安全，牠還是在房間裏走來走去，進行值守。

　　不知不覺中，餓了也睡了過去，第二天牠醒來時，已經快中午了。海倫和湯姆斯早就起來了。

　　房間裏有明亮的陽光，外面有如畫的大海。餓了起來後，懶洋洋地伸個懶腰。

　　「該吃午飯了吧？」

　　「馬上有。」湯姆斯說，「海倫去買了，這附近有好幾家餐廳，還有速食店。」

「她好了嗎？」餓了問道。

「她就是腦震盪，喝了急救水，好得快。」湯姆斯說，「我也差不多了，要不是昨晚和魔怪打了一仗，我已經完全好了。」

「嗯。」餓了站起來搖頭晃腦的，看着落地窗外的大海，「我說，我們這是來度假的，不像是來辦案的。」

「不會這麼輕鬆的。」湯姆斯說，「早上海倫就開始策劃了，我們還是要去克奇威街那裏，還有幾間公寓沒查呢。但這次我們要變身前往。」

「噢，這可是個好主意。」餓了眉飛色舞地說，「我想想……我變成一隻恐龍怎麼樣？」

「嗯，你會引起圍觀的。」湯姆斯說，「圍觀的人中包括隱藏起來的雷頓，我覺得你還是變成一隻刺蝟更能避免別人的注意，一隻不會說話的刺蝟。」

「噢，刺蝟變刺蝟。」餓了比畫着說，「這

還真是一個好主意呢，不過我還是想變成一隻恐龍，就暴龍吧，和雷頓對打的時候，我高出它三米多，氣勢上就能壓制住它。」

第八章

黑狼跳躍

　　一天後，克奇威街和凱森特路那裏，出現了一男一女兩個背着書包的小學生，女生的書包上，掛着一個玩具恐龍———呆萌可愛版的暴龍。

　　這兩個人，一個是海倫變化的，一個是湯姆斯變化的，湯姆斯本來就是中學生模樣，這次他再變小了一些。

　　而玩具暴龍就是餓了，海倫讓牠就在書包外面，觀察着四周，尤其是海倫的後方，如果有人偷襲，那麼第一時間就會被餓了發現。海倫對這個地方確實很緊張了，兩次遇襲都在這一片區域，儘管這次她和湯姆斯全都變化，也不得不有所防備。

　　海倫和湯姆斯第一個走訪的目標，是克奇威街左邊那個稍小的公寓。他們小心翼翼地走，警惕地看着四周，經過樹木，尤其是那種高大樹木時，海倫都故意繞遠點，害怕大樹又倒下來。

　　街上也不時有人走過，沒人注意這兩個小學生。海倫和湯姆斯都是小學生的模樣，他們選擇來到的時間也是下午兩點多，小學生放學之後的時間，這樣才會完全不引起注意。實際上，他們確實看到了好幾個放學的小學生。

　　兩人很快就站在那間公寓，公寓門口寫着牌子——金橋公寓。他倆走了進去，站在出入大廳，正對面有一個台子，一個胖胖的女士，穿着

管理員的工作服，笑眯眯地看着他倆。

「嗨，來找同學嗎？」胖胖管理員說，「你們好像以前沒有來過。」

海倫和湯姆斯立即走上前，海倫看看四周無人，極其迅速地變回到自己真實的樣子，在胖胖管理員驚呆之時，又迅速變回了小學生模樣。

「是這樣，我是魔法警察。」海倫把自己的證件亮給胖胖管理員，「我們有案件正在辦理，因為我們辦理的是魔怪案件，怕驚動魔怪，所以稍微變化了一下，不想引起注意。南區警察局應該和你們打過招呼了？」

「是的，我們經理和我說了。」胖胖管理員點點頭，「原來就是你們。」

「我是海倫，這位是我的同事湯姆斯，還有我身後這位餓了，牠名字叫餓了，不是真的餓了。」海倫語速飛快地說，「請問怎麼稱呼？」

「喬伊絲。」

「你好，喬伊絲女士。」海倫點點頭，「我

100

們來的目的也很簡單，就是想問問，你們這個大樓或這片區域，有沒有發生過什麼靈異事件，和魔怪有關的靈異事件。」

「靈異事件嗎？」喬伊絲想了想，「這個大樓的A3室，錢德勒太太的五百鎊放在卧室的枱燈旁，她去門口簽收了一個包裹，回來時那些錢就不見了。沒人進門，因為錢德勒太太就在門口，窗戶也都關着，沒人能從窗戶爬進來拿走錢，這是靈異事件嗎？」

「這……確實很奇怪，但是還不算靈異事件。」海倫說道，「當時屋裏還有別人嗎？」

「錢德勒先生在家，就在屋裏。」喬伊絲回答說。

「噢，根據我的判斷，最好去問問錢德勒先生。」海倫說。

「錢德勒先生說沒有拿，他很肯定。」喬伊絲說。

「這應該是家事，我們魔法警察不管這種事

情，一般警察也很難處理這樣的事。」海倫一臉無奈，「我們說的靈異事件是關於那種魔怪呀，巫師呀，嗯，就是那種……」

「五年前的算不算？有段時間了。」喬伊絲突然打斷海倫的話。

「你快說！」湯姆斯在一邊，焦急地說。

「就在那裏……」喬伊絲的手指着門外，「五年前，我剛到這裏上班，對這裏的總體環境還不是很熟悉。那是一個晚上，大概十點多，這個大樓裏的住戶都回家了，也不會有人出去，我就想出去外面透透氣。我在這裏已經站了一天了，我是十一點下班，希爾斯接我的班，他值夜班。你們知道希爾斯這個人，斤斤計較，一秒鐘也不肯早來，偏偏他會遲到，有一次十一點零一分零五秒才到，害得我晚下班一分零五秒……」

「喬伊絲女士——」海倫急忙擺着手，「請說重點，你準備到外面透透氣。」

「噢，抱歉，我說到哪裏了？噢，我出去外

102

面透透氣，就穿過馬路，來到樹林旁，那裏空氣好呀。我站在矮牆邊，看着裏面，你們猜猜我看到了什麼？」喬伊絲激動地比畫着。

「錢德勒夫婦？」餓了忍不住説。

「噢，小恐龍，不是的……」喬伊絲説着忽然瞪大眼睛，她看着餓了，「小恐龍會説話？算了……我當時看到了一隻大黑狼！」

「大黑狼？」湯姆斯和海倫互相看了看，「亞伯丁有狼出沒嗎？」

「關鍵是，大黑狼的身體周圍，還有綠色的光，不是很亮，但是圈出了大黑狼的輪廓，否則黑夜裏的黑狼，我也看不見呀。」喬伊絲説着，似乎

有些緊張起來。

「你確認是狼嗎？」海倫問。

「是呀，垂着尾巴，比狗大很多很多。」喬伊絲說，「我有看電視的，也去過動物園，狼長什麼樣子我分得清。」

「大黑狼的眼睛呢？什麼顏色的？」海倫進一步問。

「紅色的，就像是紅綠燈的紅色。」喬伊絲說。

「大黑狼有什麼舉動嗎？」湯姆斯問道。

「在追一隻松鼠吧，我覺得是。牠猛跑幾步然後就停下了，好像有隻松鼠爬到樹上，這時候大黑狼一下就飛起來，飛了大概五米多高，這才是最奇怪，也是最嚇人的地方。」喬伊絲說話的樣子很認真，也很緊張。

「飛起來五米多高？」湯姆斯很是驚異，「狼能跳五米多高？這個高度你確定嗎？」

「就是外面那棵山毛欅樹呀。」喬伊絲說，「我後來又去看過，那棵樹的樹杈比較奇怪，是平着長的，別的樹杈都是斜着向上的。大黑狼跳起來的高度就在第一個樹杈那裏，你們現在就可以去看看，樹杈距離地面五米多，五年前也是這樣。」

「大黑狼有沒有抓到那隻松鼠呢？」餓了急着問。

「我想是抓到了。」喬伊絲雙手一攤，「因為大黑狼接下來就有吞咽的動作，噢，大黑狼吃松鼠……這算是靈異事件吧？」

「從你描述的外貌特徵和跳躍高度，這隻大黑狼不簡單。」海倫點點頭，「你當時什麼反應？你沒有跑嗎？萬一大黑狼攻擊你呢？」

「我倒不是特別害怕。」喬伊絲說，「當時我就在人行通道上，身後有很多汽車經過，大黑

狼也沒發現我。不過我還是立即走了，我也怕牠咬我。第二天，我把這件事報告了公司，他們說我眼花了，把流浪狗看成狼。因為那一晚樹林裏也沒出什麼事，這件事就這樣過去了，你們不來問，我都忘了。」

「還有沒有其他的靈異事件？」海倫問道。

「我想沒有了。」喬伊絲搖着頭說，「我們這裏一切正常，也有一些事情發生，但是和什麼魔怪、巫師都沒關係。」

海倫看了看湯姆斯，感覺也問不出什麼了。

「謝謝你，非常感謝，我們會繼續調查。」海倫說道，「今天我們向你問話的事，請不要外傳……」

「我知道，我知道。」喬伊絲連連點頭，她忽然瞪大眼睛，想起了什麼，「啊！靈異事件，昨天，中午的時候，隔壁楓葉公寓門口一棵正常的大橡樹倒了，差點砸中一個路過的人，這也是靈異事件……」

「哈哈哈……」湯姆斯眉飛色舞地笑起來。

「那人就是我。」海倫看看喬伊絲，隨後拉了拉湯姆斯，「走啦，走啦。」

海倫他們轉身，喬伊絲瞪大眼睛看着他們的背影。出了公寓大門，海倫徑直過馬路，來到喬伊絲剛才描述發現大黑狼的地方。

很快，海倫就找到了那棵山毛櫸樹，平行分杈的大樹很容易辨認出來，第一個分杈的地方距離地面的確有五米多高。無論是狼還是狗，都是跳不了這麼高的，不過要是有魔性的狼，跳得再高也正常。

「時間也能對上。」湯姆斯站在海倫身邊，他們都在矮牆後，看着面前那片樹林，「我想我們的判斷有些問題，不是雷頓吃松鼠，而是大黑狼吃松鼠。」

「也許是雷頓變成大黑狼的樣子吃松鼠呢。」餓了有自己的看法，「變成狼的樣子，追逐松鼠更方便。」

「這種可能也是存在的。」海倫點點頭，「無論如何，這裏是存在靈異事件的。我可以斷定，無論是雷頓還是大黑狼，吃掉了這片樹林的一些松鼠，其餘松鼠面對這樣一個魔怪，全都跑到更遠的地方。」

「雷頓肯定在這裏，否則我們也不會被車撞，被大樹砸了。」湯姆斯説，「關鍵是雷頓躲在哪裏，這裏有不少公寓呢。」

「只能一間一間的訪問。」海倫説着看看馬路對面的楓葉公寓，那棵倒下來砸她的橡樹已經被運走了，「我們可以問公寓管理員，他們的消息最多。還是找不到，我們就一個一個的去樓層檢查，我就不信雷頓真的不留下一點痕跡。」

「那麼下面我們還是去新的大樓詢問嗎？」湯姆斯説，「克奇威街兩邊的這兩個公寓我們都訪問完了。」

「剛才那個金橋公寓的左邊有一家。」海倫指着不遠處的一座公寓説，這座樓不大，只有三

層，不過倒是比較寬，「雷頓也許就住在那裏，從那個公寓出來，穿過馬路就能進入到樹林裏去抓松鼠了。」

「這個雷頓，就不會去遠一些的地方抓松鼠嗎？」湯姆斯有些疑惑地說。

「松鼠被吃掉，同伴也不會去報警，所以雷頓應該感覺無所謂。」海倫說，「它也不會想到我們根據這個線索在查找它。」

「我們就是要找魔怪的漏洞，而且已找到了！」餓了有些興奮地說。

第九章

納爾遜與威力

　　幾分鐘後，他們穿過馬路，來到金橋公寓左邊那個小公寓前。

　　公寓的前面有一片小草地，草地盡頭有豎起來的石牆，很矮，然後是幾乎垂直於人行通道的小小崖壁。崖壁中間的位置，有一個下到人行通道的台階，台階一共五階，兩邊各有一個扶手。

　　海倫走上台階，湯姆斯跟在後面。海倫剛上去，看見眼前的草地上有一隻蘇格蘭梗犬在草地上跑來跑去。看到這隻梗犬，海倫立即想了起來，這台階就是幾天前他們剛來的時候，有個老人差點摔下來、被湯姆斯扶住的地方，而這隻梗犬就是老

人的小狗。

　　海倫看了看周圍，沒看到那個老人。她向公寓大門走去，湯姆斯跟上。海倫背着的餓了，在她的書包後晃來晃去。

　　公寓旁邊，那天被扶住的老人走了出來，他看到海倫，和藹地笑了笑；海倫也點點頭，笑了笑。

　　海倫和湯姆斯全都是變化的，老人沒有認出他們。海倫和湯姆斯有案情要去詢問，也不想被人認出。他們來到了大門口，站在那裏看公寓的銘牌，沒有直接走進去。這間公寓樓叫做——山川公寓。

　　「威力，走啦，威力——」老人叫那隻狗的聲音傳來，老人也向公寓走來。

　　威力叫了兩聲，立即跟上老人。老人帶着牠走進公寓，進去後，威力

又叫了一聲。

湯姆斯拉了拉海倫，因為海倫站在那裏不動了，她一直看着大樓的銘牌。

「走呀，進去呀。」湯姆斯説，他覺得海倫有些奇怪，一個銘牌有什麼好看的。

「湯姆斯，來。」海倫反過來拉着湯姆斯一路走，他們走了很遠，離開了山川公寓那一個街區。

「我找到雷頓了。」海倫在一棵樹下停下，突然説道，她的聲音壓得很低，但是清楚地表達了這個意思。

「你找到……」湯姆斯隨口説，忽然，他跳了起來，「你説你找到什麼了？在哪裏……」

「你小點聲──」海倫拉着湯姆斯，聲音比較大地説。

「海倫！你説什麼，你……」餓了也聽到了海倫的話，激動地問道。

「湯姆斯、餓了，前些天，雷頓給哈丁打電

112

話，電話裏有警方放鞭炮的聲音，同時還有汽笛聲，但是還有一種聲音，是一個叫聲。」海倫興奮地説，「其實你們都聽到了，那個叫聲我剛才又聽到了，就是老人帶着的那隻蘇格蘭梗犬的叫聲，一模一樣！」

「啊，我想起來了！」餓了叫了起來。

「再放錄音聽聽。」湯姆斯説着拿出自己的手機。

雷頓給哈丁打電話的錄音，湯姆斯和海倫都保留着。湯姆斯拿着手機，打開那段錄音，開始認真地聽。沒一會，湯姆斯關上了錄音。

「是的，錄音的聲音就是蘇格蘭梗犬的叫聲。」湯姆斯説，「雷頓在打電話，它身邊有一隻小狗，就是那隻蘇格蘭梗犬。而雷頓，就是剛才那個老人！」

「沒錯，追逐並吃掉松鼠的，應該不是雷頓，而是那隻蘇格蘭梗犬，牠抓松鼠的時候，也許變成了大黑狼，也許牠本來就是狼，而變成了

蘇格蘭梗犬。」海倫進一步說。

　　「雷頓是無臉魔，不是人類，所以那老人就是雷頓變的？」餓了問道。

　　「是，當然這是我的推斷，是很有把握的推斷。」海倫比畫着說，「雷頓打電話的時候，一定在林子那邊，那裏距離迪河近，所以能聽到汽笛聲；而它打電話的時候，身邊不大可能有別人養的寵物，只有它自己養的狗；梗犬叫了兩聲，雷頓正在給手下哈丁打電話，所以根本就沒在意。」

　　「全明白了。」湯姆斯指着遠處的山川公寓，「那個老人就是雷頓，前幾天從台階上掉

下來，還是被我接住的呢。現在想想，一定有問題。」

「沒錯，一定有問題，沒有這麼湊巧的事，我們可能暴露了，雷頓假裝摔下台階，看看我們到底是不是魔法師。」

「結果測出來我們是魔法師，它還知道我們在找它，所以就有了之後的撞車和大樹倒下意外，還有醫院的刺殺事件。」湯姆斯懊惱地說，「啊呀，它是怎麼看出我們是魔法師的？」

「這個……我不知道，也想不出來。」海倫搖着頭說。

「先不管那麼多了。現在，變化成人的雷頓已經進到樓裏，這次我們一定要把它抓到。」湯姆斯指着遠處的山川公寓說。

「要有個計劃，雷頓可不好對付。」海倫憂心地說。

「你堵窗戶，我和餓了從正門攻進去。」湯姆斯焦急地說，「快點行動吧，萬一雷頓出門，

在大街上可不好抓，而且我們剛才和雷頓那麼近的距離，萬一它感覺到什麼，就會跑了。」

「別着急，別着急。」海倫擺擺手，其實她和湯姆斯有同樣的想法，「我們現在就過去，確實不能喪失最好的抓捕時機……」

「快去吧。」餓了在一邊説，「剛才我渾身不舒服，就活動了一下身體，萬一被雷頓看出來就不好呀。對不起，我不是故意的，我也不知道那老人就是雷頓……」

「是不是雷頓，還是要去確認一下。」海倫説，「走，先去管理員那裏，把情況問清楚。」

他們再次來到山川公寓，這次直接走進去了，進了前廳，看到一個接待前台，前台後坐着一個管理員，大概五十歲，很規矩地坐在那裏。

海倫走過去。湯姆斯則走向裏面，觀察着電梯和樓梯，他怕雷頓下來會發現海倫在問話。

「小朋友，來找同學嗎，住幾樓幾號？」管理員站起來，很稱職地問。

　　海倫把證件拿了出來揚了揚，同時她的身體迅速變大，回復自己本來的樣子，這個樣子給管理員看了兩秒，海倫又迅速變回了小學生。

　　「不要緊張，我們是魔法警察，這是我的證件……」海倫看着瞪大眼睛的管理員，「我們在執行任務，所以用魔法控制外貌和大小，這是出於掩護的需要。」

　　「啊……」管理員用力點點頭，「明白了，那麼請問，有什麼可以幫你？」

　　「住在你們這個公寓的一個老人，他有一條蘇格蘭梗犬，似乎叫威力。十分鐘前，他們剛進來。」海倫急速地問，「他叫什麼，住在幾樓幾號？一個人住嗎？」

　　「蘇格蘭梗犬？威力？你是問納爾遜先生嗎？」管理員看着海倫，「納爾遜先生住在二樓，206室，他是一個人住的，噢，他可是個好人。」

　　「他或者他家，有什麼違反常規的情況出現

過嗎？我是説靈異事件……」海倫急着問。

「這……沒有吧……」管理員想了想，「啊，納爾遜先生本來都快要死了，他兒子説的，他得了很重的病，後來一下就好了。現在身體也非常好，每天都去遛狗，這算不算靈異事件？」

「這……不算是……」海倫略有猶豫地回答，「他是不是五年前搬來的？」

「不是，他是我們這裏二十年的老住户了，房子就是他買的，不是租的。」管理員説。

「好的。」海倫想了想，她看到不遠處，湯姆斯看向自己的焦急眼神，海倫對管理員擺擺手，「等在這裏，哪裏都不要去。」

管理員有些懵懂地點點頭。海倫走到湯姆斯的身邊説：「和我們的判斷有出入呀，老人叫納爾遜，住206室，獨居，但不是五年前搬來的，也沒有什麼靈異事件發生。」

「管不了這麼多了，那隻小狗的叫聲，就

是當時電話裏傳出來的叫聲。」湯姆斯説，「撞門進去抓他，抓住一查就知道了，萬一真的抓錯了，我來負責……」

「我也會負責。」海倫看到湯姆斯如此自信和擔當，完全沒有了猶豫，「湯姆斯，我們確定個時間，一起攻擊……」

三分鐘後，湯姆斯和餓了，站在了二樓樓梯口的走廊盡頭，他們看着前面的房間，206室是在最裏面的。

湯姆斯看了看餓了，餓了略有些緊張，他倆互相點點頭，隨後，一起小心地向前走去。

公寓外，海倫已經來到了樓下，她的上方就是206室客廳的玻璃窗。她已經問過管理員了，納爾遜住的房間面積不大，有一個客廳和一個臥室，納爾遜在家的生活大概就是看電視。

海倫手裏拿着手機，抬頭看着206室的窗户，她能輕鬆地跳上去，破窗進去。她的任務就是堵住窗户，這是雷頓、也就是納爾遜的退路。

走廊上，湯姆斯和餓了安靜地走到盡頭，身邊就是206室的房門了。湯姆斯站在門口，側着耳朵聽着裏面，他聽到了電視機傳出的聲音。

　　管理員說納爾遜自從剛才進入公寓後，就再也沒出去過，看起來他現在正在看電視。湯姆斯向旁邊走了幾米，拿出電話，撥給了海倫。

　　「海倫，他應該在客廳看電視，現在是三點三十五分三十秒，我們三點三十六分一起動手。」湯姆斯飛快地說。

　　「好的。」海倫簡單地回答，隨後掛上電話，但看着手機上的時間。

　　湯姆斯也看着手機上的時間，他走到206室門口站着，餓了在一邊做着準備。

　　空氣似乎凝固了，走廊這裏很安靜，湯姆斯似乎能聽到自己心臟的跳動聲，時間一秒一秒地過去。距離三點三十六分還差兩秒，湯姆斯把手機收起來，放進口袋。

　　「咣——」的一聲巨響，湯姆斯抬腳就踢向

大門，他是用了魔力的，那扇門當然禁不住這樣的衝擊力，當即就被踢得飛了起來。

湯姆斯一個跨步衝進房間，還沒等他看清房間裏的情況，客廳的窗戶響起一片破碎的聲音，斷裂的窗框橫着飛進了房間。隨即，海倫破窗而入，落地後站在了窗前。

客廳裏，納爾遜完全愣住了，他瞪大眼睛看看湯姆斯，湯姆斯此時已經恢復了十多歲的樣子，海倫也變回本來樣子，餓了當然也不是隻恐龍玩具的造型了。

「汪——　汪——汪——」納爾遜腳邊，蘇格蘭梗犬對着海倫狂叫起來。

整個房間一片狼藉了，地上有破門，還有斷裂的窗框和滿地的碎玻璃。

湯姆斯距離納爾遜不到五米，他衝過去就按住了納爾遜，餓了、海倫也衝了過來。湯姆斯用捆妖繩把納爾遜牢牢地捆住。納爾遜都沒有怎麼掙扎，任憑被捆住。

「抓到了──抓到了──」餓了拍手叫好，「快給諾恩先生打電話……」

蘇格蘭梗犬繼續叫着，牠看到納爾遜被捆住，忽然低下頭，耳朵豎起來，血紅的眼睛死死地瞪着湯姆斯，似乎馬上就要發起攻擊。

「安靜，威力，安靜！」海倫看到牆上掛着一根拴狗的繩子，連忙取下來，套在蘇格蘭梗犬威力的脖子上，隨後把另一頭套在沙發腿上。

第十章

電擊

「你們這是幹什麼？我一個老人，我幹了什麼？你們把我捆起來，是要錢嗎？告訴你們，我可沒有多少錢，我退休金不多……」納爾遜似乎反應了過來，緩緩地說道。

「我們是魔法警察，我們不要錢。」湯姆斯說，「無臉魔的大魔頭雷頓，就是你吧？你不要再裝了，你是無臉魔，不是退休老人。」

「我不知道你們在說什麼，我怎麼就無臉了？我的臉不是在這裏嗎？」納爾遜說，「你們快鬆開我！」

「好像真的是個人一樣。」湯姆斯說着伸手抓了抓納爾遜的臉，「哈，真的有肉，溫度也是人類溫度，真是逼真呀。」

「你幹什麼？」納爾遜開始掙扎了，他扭着臉，不讓湯姆斯抓，「你們就這樣對待一個老

人，啊，你們⋯⋯我認出來了！那天你們從樓前經過，我差點摔倒，你們還扶住了我。就這麼幾天，你們怎麼變成這個樣子了？」

「嘴是真硬呀，還不承認是雷頓。」湯姆斯說着後退一步，他唸了一句魔法口訣，用手指向納爾遜，「身體還原——」

一股氣浪吹向納爾遜，把納爾遜的頭髮都吹動起來，隨後，那股氣浪越過納爾遜的身體，不見了。納爾遜疑惑地看着湯姆斯，湯姆斯也愣住了。

「啊，施了魔法都沒還原，莫非⋯⋯」湯姆斯說着看了看海倫，他剛才對納爾遜施了法術，如果是魔怪，早就回復成自己魔怪的樣子，「他真的不是雷頓？」

「汪——汪——汪——」威力看到湯姆斯這樣對待主人，又開始大叫起來，甚至要撲過來咬湯姆斯，但被繩子拉住。

「不要叫，我們只是做簡單測試呢。」餓了

126

跑過去，比畫着對威力說道，牠盯着威力，「這傢伙，怎麼看也不像大黑狼呀⋯⋯」

餓了突然愣住了，牠盯着威力的下巴看，一時說不出話來。

湯姆斯此時有點慌張了，萬一真的抓錯了，納爾遜一定會去控告他們的。

海倫走過來，看了看納爾遜，她倒是比較沉穩。

「海倫，把它帶到魔法師聯合會去，血液檢查就能識別出是人還是魔。」湯姆斯對海倫說，「再會偽裝也躲不過血液檢查。」

「沒那個必要。」海倫說着，從口袋裏掏出資訊球，「這是雷頓的資訊球，基本上沒什麼能量了，但是距離主人這麼近，

要是我拋起來，資訊球飛向的就是雷頓，直接落地的就代表這屋裏沒有雷頓。」

海倫說着，把資訊球拋了起來。

「海倫，它們有問題——」海倫這邊剛剛把資訊球拋起來，那邊餓了就叫喊起來。

餓了個子小，牠站立着，剛好看見威力的下巴。威力的下巴上明顯有兩處血滴，把上面的毛髮黏連在一起，形成了兩綹毛髮。餓了意識到，威力不久前，應吸食過血液，而普通家養寵物，是不可能吸血的。

這邊，資訊球被拋上天花板，落下來後，直接飛向納爾遜。海倫和湯姆斯大吃一驚，納爾遜一張嘴，資訊球就被它吞了進去。隨即，納爾遜倒了下去，一個無臉魔從他的身體裏飛出，而捆妖繩捆着的只是納爾遜倒下去的身體。

大無臉魔一身白衣，整張臉微微發出藍色，它沒有鼻子，跟其他無臉魔不一樣的是，它有深深的黑眼眶，深凹下去，但看不見眼睛。同時，

它有尖尖的耳朵，不過這對耳朵若有若無，很是虛幻地豎立在腦袋兩邊。

海倫頓時明白了，納爾遜已經死了，確切說是早就死了，大無臉魔在他身上附體，從此以納爾遜的名義活着。難怪說納爾遜是老住戶了，他應該在五年前被無臉魔殺死並附體的。

餓了面前的威力也突然倒下，一隻高大的黑狼從威力的身體裏鑽了出來。真正的蘇格蘭梗犬威力

也是早就死了，躺在那裏一動不動，而大黑狼外形就和金橋公寓的喬伊絲女士描述的一模一樣。

大家也明白了，大無臉魔附體在納爾遜身體裏，大黑狼附體在威力身體裏。

大無臉魔和它的大黑狼徹底暴露出來了！就在各人發愣的時候，大無臉魔伸出手爪，狠狠地抓向湯姆斯的脖頸。

海倫最先反應過來，她衝上去，用手一擋，胳膊頓時被大無臉魔的手爪抓傷。

「啊——」海倫痛得叫起來，身體不由自主地向後跳了一步，不過這下確實擋住了大無臉魔對湯姆斯的攻擊。

「嗖——嗖——嗖——」湯姆斯已經反應過來，他先後跳了一步，隨即甩出了三道電光。

電光直接飛向了大無臉魔，它腦袋一歪，躲了過去。

這邊，威力還原為大黑狼後，對着餓了就是一爪，餓了連忙後退，但是還是被掃到。餓了立即倒在地上，就地一滾，滾到大黑狼面前，就勢站了起來。

「來咬我呀！」餓了刺激那大黑狼，「大傻狼，來呀——」

大黑狼對着餓了就咬過去，餓了身上的刺全都豎立起來，就等着大黑狼咬下來，它只要中計，這輩子都不會再想咬什麼東西了。不過大黑

狼可不傻，它知道咬一個刺球的後果，最後一刻把腦袋一偏，並沒有咬下去。

「啊！不上當！」餓了不高興地叫了起來。

「呼」的一陣風推過，大黑狼的手爪惡狠狠地打了下來，餓了沒有防備，被重重地打中，牠當即被打飛出去，撞在電視機上，掉了下來。

那邊，大無臉魔躲過第一道電光，它忽然伸手，居然抓住了另一道電光，隨後再伸手，抓住了第三道電光，它把兩道電光用力甩向湯姆斯。

這個大無臉魔果然厲害，湯姆斯急忙低頭，躲過了反射回來的電光。不過就在這時，海倫一腳踢了過去，它沒有防備，一下就被踢中，身體前傾。湯姆斯看準這個機會，衝上去掄起拳頭，一拳就砸了上去。

大無臉魔被拳頭砸中，身體一歪，它想站穩迎戰，湯姆斯第二拳砸來，大無臉魔不躲避，伸手就抓住了湯姆斯的拳頭，隨後一用力，把湯姆斯推了出去。

海倫又是一腳，無臉魔這次有防備了，它一閃，海倫踢空，隨後一個踉蹌，差點摔倒，但被湯姆斯扶住。兩人轉身，對峙着大無臉魔。

「你跑不了！」海倫指着無臉魔大聲地說。

「大無臉魔，我們這次找到你，你就別想跑了——」湯姆斯也指着大無臉魔，「我要是沒猜錯的話，你就是雷頓，無臉魔的大魔頭——」

「那就恭喜你們了，你們猜中了，哈哈哈……」大無臉魔雷頓大笑起來，它說話的聲音和哈丁電話裏傳來雷頓的聲音一樣，它就是雷頓，「還想抓住我？那就看看誰抓住誰吧！」

海倫向左，湯姆斯向右，兩人有意一左一右，形成對雷頓的夾擊。雷頓當然狡猾，它左右警惕地看着兩人。

一邊，餓了和大黑狼纏鬥在一起，大黑狼氣力大，揮着巨爪總是想攻擊餓了的腹部——那裏沒有硬刺，也是全身最弱的部位。餓了則來回躲避着，伺機跳起來，用刺猛插大黑狼。

雷頓這邊，湯姆斯的手臂鋼鐵化，形成了暴風鐵拳；海倫則拋出了飛盾，並躲在盾後發起攻擊。飛盾沒有抵禦什麼攻擊，而是重重地砸向雷頓，雷頓用手抵禦着盾牌攻擊，同時感到腦後一片風聲，湯姆斯的暴風鐵拳掄了過來。雷頓連忙低頭，暴風鐵拳隨即變向，重重地砸了下來，與此同時，飛盾也砸了下來。

「轟——」的一聲，暴風鐵拳砸中了雷頓的後背，飛盾則砸中了雷頓的肩膀，兩個聲音彙集成一個聲音，雷頓慘叫着，趴在地上，它覺得身體幾乎斷裂了。

「也就這點本事。」湯姆斯看雷頓被砸倒，爬不起來了，興奮地衝上去，雙手去按雷頓，要抓活的。

湯姆斯的手臂剛剛按住雷頓，雷頓一轉身，雙手反過來抓住湯姆斯的雙手。頓時，湯姆斯就和觸電了一樣，一股閃着藍色光芒的電流從湯姆斯的手臂直通到全身，湯姆斯顫抖着，慘叫着。

「喝——」海倫大叫一聲，衝上去飛起一腳，把湯姆斯踢開，讓他和雷頓停止接觸。

雷頓冷笑着，朝湯姆斯走過來，湯姆斯被海倫扶着，站了起來。此時雷頓的身體散發着微微的白光，不時還有電擊閃光以及同時相伴的「劈劈啪啪」聲響。

「這是閃電術。」海倫看着雷頓，提醒湯姆斯，「千萬不要碰到他。」

湯姆斯明白，此時碰到雷頓，就會被電擊。閃電術需要深厚強大的魔力支援，也只有雷頓這樣的魔頭有這種能量。

雷頓現在就想二人來攻擊自己，它邁開大步衝上前，海倫一揮手，飛盾懸浮着砸了上去，雷頓一擋，飛盾通體散發出電光，隨後一聲爆破，被炸飛了，撞在牆壁再掉在地上。

湯姆斯隨手抓起電視機，砸向雷頓，雷頓連忙閃過。它用力撲上來，湯姆斯連忙躲開。

「嗖——嗖——嗖——」湯姆斯接連射出五

道電光，雷頓躲避着。海倫看到湯姆斯用電視機砸雷頓的時候，電視機的電源線被拉脫了電源插頭，她想到了什麼。趁着雷頓攻擊湯姆斯，海倫衝到摔爛的電視機旁，抓住並拉斷電源線，她把電源線一頭的膠皮拉掉，露出了金屬線，隨後，把電源插頭插了在插座上，繞着手背，拿着電源線。

「雷頓，我不怕你——」海倫忽然向它大喊一聲。

雷頓本來躲過了湯姆斯的攻擊，準備撲向湯姆斯，聽到旁邊海倫的喊聲，先是一愣，隨即衝向海倫。

「電死你——」雷頓大喊一聲，伸出雙手，撲向海倫。

海倫伸手迎擊，這正是雷頓想要的，只要接觸上，海倫就會被電擊。不過海倫的手忽然停住，甩出了電源線一頭的金屬線，金屬線一下就碰到了雷頓的手爪。

「轟——」的一聲巨響，電源線可是帶電的，雷頓自身也帶電，兩股電流相遇，發生爆炸。雷頓怪叫一聲，全身冒煙，身體被彈飛，撞上天花板，落在地上。

「海倫，這是以毒攻毒！」湯姆斯看到了海倫的操作，驚喜地叫起來，雷頓這種帶電體，看似強大無比，但此時最怕另外的帶電體。

雷頓躺在地上，全身顫抖着，此時它的身體已經沒電了。海倫一腳踢上去，雷頓被踢得飛起來。落在地上後，湯姆斯衝上去，飛起一腳。此時和餓了糾纏打鬥的大黑狼看到主人被打，衝過來幫雷頓擋開了這腳，它被踢得翻倒在一邊，餓了也上前，縮成一個球，狠狠插了大黑狼一下。

雷頓掙扎着爬起來，它此時很狼狽，海倫打過來，但拳頭被雷頓擋開了。

「庫卡——跑——」雷頓大喊一聲，隨即，它縱身一躍，從窗戶跳了出去。

看來大黑狼真正的名字叫庫卡，庫卡聽到雷

頓的喊聲，跟着就從窗户跳了出去。海倫和湯姆斯緊跟着跳出去，餓了也跟着。

雷頓落在外面的草地上就地一滾，站了起來，它被電傷得不輕，只好逃跑。它向前跑了幾米，海倫一個跳躍落在雷頓身前，擋住了它。

雷頓一愣，瞪着海倫。突然，被背後的湯姆斯一腳踢倒。

「不要抵抗了——」湯姆斯説，「看你能往哪跑——」

湯姆斯和海倫一起走向雷頓，雷頓半躺在地上，恐懼地看着湯姆斯。

「嗅——」一聲鷹的長嘯傳來，一隻巨大無比的鷹頭怪從天而降，一下就抓起了雷頓，隨後急速起飛。

湯姆斯和海倫都愣住了，這時庫卡看到雷頓被鷹頭怪抓走，飛奔幾步，隨即縱身一躍，一口就咬住了雷頓的褲子，身體也被帶着飛起來。

鷹頭怪越飛越高，發愣的湯姆斯這才想起，

連射出三道電光。但是抓走雷頓的是鷹頭怪的首領，身邊還有三隻較小的鷹頭怪掩護着，用翅膀擋掉了電光攻擊。隨後，四隻鷹頭怪抓着雷頓和庫卡，越飛越高，越飛越遠。

「是塞布。」海倫仰望着天空，喃喃地說道，「我記得當初塞布和兩個同夥逃走了，現在怎麼手下多了一個呢？」

塞布，就是海倫和湯姆斯在憂傷谷遇到的鷹頭怪頭目，它說自己的弟弟被大無臉魔雷頓殺害，到處找它復仇；同時，鷹頭怪也是一種作惡多端的魔怪。在「憂傷谷大戰」中，海倫和湯姆斯、餓了擊潰了這團夥，消滅了幾隻鷹頭怪，塞布帶着兩個手下逃脫了。但是不知為何，今次鷹頭怪救走了雷頓，也不知為何，它們能找到這裏來。

「哇──哇──」餓了急得跳躍着，「我不會飛──」

「馬上就抓到雷頓了。」湯姆斯走到海倫身邊，懊惱地說，「這到底是怎麼回事呀？」

「沉住氣，什麼事都會發生的。」海倫看着遠處，鷹頭怪已經變成了幾個小黑點。

不遠處的大門那裏，管理員和幾個住戶目瞪口呆地看着海倫這邊，更遠處警車警笛的聲音傳了過來。

「別擔心，我們本來也是沒有一點雷頓的資訊，現在不也找到這裏了？」海倫看看二樓那被撞破的窗戶，「無論如何，雷頓隱蔽在人類住宅區的隱患被趕走了。」

「嗯。」湯姆斯點點頭，但從表情來看，他有無限的無奈和感慨。

〈第5冊完〉

〈第6冊繼續旅程〉

下冊預告

長空鷹舞

　　海倫和湯姆斯快要把雷頓擒服之際，竟然眼睜睜的看着它被一羣鷹頭怪抓走了，實在是功虧一簣！可是最令人不解的是，鷹頭怪的首領塞布，明明是跟大無臉魔雷頓有着血海深仇的，為什麼塞布要出手救它？還是塞布另有計劃呢？

　　隨着雷頓的真身曝光，它再也不能隱身在亞伯丁市鎮之中，代表正邪大戰即將全面展開了！雷頓的身分究竟還有什麼不可告人的秘密呢？它的背後還有其他野心勃勃的魔怪在撐腰嗎？

緝捕大魔王之路，一站比一站兇險！

異域搜查師5

人羣中的隱蔽者

作　　者：關景峰
繪　　圖：OCEAN ON
責任編輯：黃楚雨
美術設計：徐嘉裕
出　　版：新雅文化事業有限公司
　　　　　香港英皇道499號北角工業大廈18樓
　　　　　電話：（852）2138 7998
　　　　　傳真：（852）2597 4003
　　　　　網址：http://www.sunya.com.hk
　　　　　電郵：marketing@sunya.com.hk
發　　行：香港聯合書刊物流有限公司
　　　　　香港荃灣德士古道220-248號荃灣工業中心16樓
　　　　　電話：（852）2150 2100
　　　　　傳真：（852）2407 3062
　　　　　電郵：info@suplogistics.com.hk
印　　刷：中華商務彩色印刷有限公司
　　　　　香港新界大埔汀麗路36號
版　　次：二〇二四年四月初版

ISBN：978-962-08-8386-6
© 2024 Sun Ya Publications (HK) Ltd.
18/F, North Point Industrial Building, 499 King's Road, Hong Kong
Published in Hong Kong SAR, China
Printed in China